다
이
브

단요 장편소설
다이브
DIVE

차례

물에 잠긴 세계

서울은 언제나 한국의 동의어였다.

세상의 얼음이 모두 녹아서 바다가 건물을 뒤덮었어도, 그래서 인천이 수몰된 다음에도, 온갖 나라들이 전쟁을 벌였을 때에도, 한국을 지켜 주던 댐이 무너지고서도 서울 사람들은 계속 서울에 살았다.

물론 새벽 배송을 올 택배 기사는 없었다. 냉장고에 음식을 쟁여 두지도 못했다. 종로구나 관악구 같은 행정 구역명은 북악산이나 남산 같은 높은 곳의 지명으로 변했고, 사람들은 아파트를 떠나 산에 자리 잡았다. 그리고 감자와 콩을 기르거나 물고기를 잡는 삶에 적응했다.

그중에서도 깊은 물을 무서워하지 않는 아이는 물꾼으로 자랐다. 그들은 등에 공기탱크를 짊어진 채 물속을 가르며 부풀지 않은 통조림을, 기름병을, 접시와 식칼을 찾아 나섰다. 가끔은 밀봉된 전자기기를 건져 낼 수도 있었다. 허공에서 붕 뜬 채 움직이는 스케이트보드, 원격 통신이 가능한 헬멧, 태블릿 컴퓨터.

멀쩡하게 작동하는 건 거의 없었지만 전리품은 모두의 삶이고 자부심이었다. 둔지산 아이들은 충전할 방법도 없는 게임 콘솔을 자랑스러워했고 남산 아이들은 유통기한이 십 년은 지난 항생제를 산더미처럼 쌓아 두고 있었다. 하지만 노고산은? 오 년쯤 전에 호버 보드 무더기를 건져 낸 걸 제외하면 그럴듯한 게 없었다.

물론 남산은 노고산보다 열 배나 넓었고, 물꾼의 수는 보통 산의 넓이를 따라갔다. 여건에 비하면 노고산 아이들은 잘 하고 있는 편이었다. 하지만 패자의 항변은 구질구질한 것으로 취급되기 일쑤였다. 그건 선율이 조각배에 의지해 여기까지 내려온 이유기도 했다.

'실력이 부족해서 그렇다니, 자기는 명동이 코앞이면서…….'

선율이 남산 물꾼인 우찬과 시비가 붙은 건 열흘 전이었다. 기껏 잠수해서 가져오는 게 흔해 빠진 통조림이라면, 차라리 자신에게 잠수 용구를 넘기고 감자나 심으러 가는 편이 낫지 않겠냐는 거였다. 벌컥 화를 냈더니 누가 더 멋진 걸 찾아오느

냐로 내기가 걸렸다. 기한은 보름. 심판은 중앙의 둔지산 물꾼들이 맡기로 했다.

규칙은 간단했다. 선율도, 우찬도 용산구 안쪽에서 쓸 만한 걸 찾아와야 했다. 장소가 제한된 건 공정한 시합을 위해서였다. 원래 다니던 곳이라면 어디에 무엇이 있는지 바로 알 수 있으니까. 선율이 이기면 명동 구역을 쓸 수 있게 되지만 지면 공기탱크는 물론이고 내기 물건까지 빼앗긴다. 둔지산 물꾼들도 자기 구역을 내어 주는 만큼 챙기는 게 있어야 했던 것이다.

얻을 것도 잃을 것도 많은 내기였다.

서울 밑바닥에서 올려다보는 세상은 청람색 고깔을 엎어 놓은 듯한 모습이었다. 그 속에서 태양은 희고 둥근 원이었고, 주위를 감싼 푸른빛은 수심에 따라 점차 어두워졌다.

헬멧에 붙은 LED 조명은 그리 밝지 않았지만 색을 분간하기에는 충분했다. 선율은 고개를 수그려 허리에 감긴 밧줄 뭉치를 내려다보았다. 세 뼘 간격으로 빨간 물감이 묻어 있었다. 벌써 이십 미터나 내려왔다는 뜻이었다. 노란 물감 표시가 나타날 때까지 밧줄을 풀어 낸 다음 그게 물속에서 엉키지 않도록 근처의 건물 골조에 묶어 두었다.

— 지금 조각배 타고 나온 거라 위에서 끌어당기기 어려운 거 알지? 제

때 올라와야 해.

기다렸다는 듯 걱정 섞인 목소리가 헬멧의 스피커를 통해 전해져 왔다. 선율의 파트너인 지오였다.

—이 정도면 산책이지 무슨 걱정이야.

—지금까진 뭍에서 내려갔잖아. 동생 둘이서 밧줄 잡아 줬고. 근데 이번엔 그게 아니니까, 진짜 죽을 수도 있으니까 하는 소리야. 조심하라고.

—내가 잠수 한두 번 해 본 것도 아닌데.

선율은 짐짓 퉁명스레 대꾸했지만 말뜻은 충분히 이해하고 있었다. 물꾼 하나가 내려가려면 적어도 세 명이 더 필요했다. 밧줄을 끌어당기고, 헬멧에서 보이는 영상을 통해 상황을 체크하고, 위험해지면 함께 물속으로 따라갈 수 있는 사람 셋이. 하지만 지금 선율을 봐 주는 파트너는 지오 하나뿐이었다.

—위험해지면 그냥 올라와. 그러다가 죽으면 자존심도 못 챙긴다.

—네, 네. 알아서 잘 할게요.

바로 옆 벽에 금속제 간판의 글자들이 불룩 튀어나와 있었다. RBD산업은행이었다. D의 아랫부분을 손잡이 삼아 붙들고는 앞을 바라보았다. 건물들은 오래된 신화를 묘사한 조각상처럼 양옆으로 도열해 선 채 어둠으로 향하는 길을 내려다보고 있었다. 선율은 깊게 숨을 들이쉬고 움직이기 시작했다.

목적지는 아크로빌딩이라는 명패가 붙은 육 층짜리 건물이었다. 뭍에서는 한참 떨어져 있어서 내려가려면 조각배를 써야 하는 데다가 물 밖에서는 보이지도 않았다. 그 주변도 모두 비슷한 모양새였다. 구태여 위험을 무릅쓰고 들쑤실 이유가 없는 동네였다.

하지만 진짜 전리품은 누구도 관심을 기울이지 않을 만큼 볼품없는 곳에서 나오기 마련이다. 선율은 빌딩 입구에 밧줄을 묶은 다음 어둠 속으로 몸을 밀어 넣었다. 건물 일 층의 중앙홀은 물살에 너무 오래도록 시달린 끝에 색을 모두 빼앗긴 듯한 모습이었다. 지하층에 들어서자 물의 무게가 한층 분명하게 느껴졌다. 두터운 이불을 덮은 채 꿈지럭꿈지럭 움직이는 기분이라고나 할까.

계단 바로 앞에는 다리가 분리된 의자가 바위에 달라붙은 따개비처럼 서로 엉켜 있었다. 선율은 덩어리를 옆으로 밀쳐 낸 다음 오른쪽 벽을 따라갔고, 두 번째 문에 들어섰다. 명패에는 2보관실이라 쓰여 있었다. 천장까지 닿는 철제 선반들이 넓은 방에 일렬로 늘어선 곳이었다. 선반은 격자 형태로 짜여 있었고, 투명한 플라스틱 큐브가 각각의 칸을 채웠다.

그리고 허리 높이의 정사각형 큐브 안에는…….

— 근데 이것들, 진짜 사람일까?

선율은 중얼거리듯 질문을 던졌다.

— 기계겠지. 고장 난 기계 인간이 한두 개도 아니고. 이렇게 멀쩡한 건 거의 없지만.

— 걔네들은 누가 봐도 쇳덩어리잖아. 그런데 얘들은 살갗이 있다고. 머리카락도. 모습도 다 달라. 이상하지 않아?

— 평범한 사람이 숨도 안 쉬고 밥도 안 먹고, 여기에 몇십 년씩 있는 건 안 이상하고?

선반 사이를 헤매던 선율은 어느 큐브 앞에서 멈춰 섰다. 헬멧이 쏘아 내는 주홍빛 조명이 두터운 플라스틱의 결을 따라 흘렀다. 그 너머로 웅크려 앉은 사람의 윤곽이 보이더니 얼굴이 뚜렷해졌다. 흰 티셔츠를 입은 소녀였다.

검고 긴 머리카락이 눈길을 사로잡았다. 그런 검푸른 색은 서울 밑바닥에서 지겹게 보았는데도, 심지어 지금이라도 당장 헬멧 조명만 끄면 끈끈한 그림자 속에 잠길 수 있는데도, 소녀의 머리카락은 어딘가 달랐다. 강렬하고 선명했다. 그런 수식이 매일 마주하던 검은색 앞에 달라붙을 수 있다니 낯설기만 했다.

— 언제부터 여기에 있었던 걸까?

— 우리 두 살인가 세 살일 때 서울이 이렇게 됐다니까, 적어도 십오 년은 지난 거겠지.

— 그때도 이런 건 귀했을 거 같은데.

— 의외로 흔했을지도 몰라. 중요한 거였으면 이렇게 물에 잠기게 두겠냐?

— 야, 가끔 보면 네가 내 편인지 우찬이 편인지 모르겠다니까.

선율이 투덜거렸다.

서울에서 볼 수 있는 기계 인간은 모두 고장 난 것뿐이었다. 침수가 심한 데다 잘 관리하지도 못한 탓이었다. 그 덕분에 대부분 배터리와 부품을 뜯긴 뒤 껍데기는 고스란히 버려지는 결말을 맞곤 했다. 하지만 살아 움직이는 기계 인간이라면 이야기가 달랐다. 그런 것을 가져가면 누구든 선율의 편을 들 수밖에 없을 터였다.

— 일단 충전을 어떻게 하는지 봐야겠는데. 태양광 패널은 없는 것 같고…… 배터리로만 움직이나?

— 올라와서 생각해. 너 공기 얼마 안 남았다.

지오의 말대로 남은 시간은 오 분이 고작이었다. 선율은 힘주어 큐브를 밀었다. 양옆에 손잡이 역할을 하는 홈이 파여 있었다. 허리의 밧줄을 마저 풀어서 큐브와 자신을 연결하는 고리를 만들었고, 걸음을 옮기기 전에 마지막으로 소녀를 내려다보았다.

물그림자가 잠시 일렁이더니 감긴 눈 아래에 비늘 같은 자국을 남겼다.

*

큐브는 생각보다 무겁지 않았다. 중간중간에 쉬어 가기도 했지만, 어쨌건 둘의 힘만으로도 산꼭대기까지 옮길 수 있었던 것이다. 소녀는 열 살짜리 동생과 비슷한 무게였다.

"사람이잖아!"

"한참 안 보이더니 이거 때문에 그런 거야? 어디서 가져왔어?"

"자, 자, 비켜. 발등 찧으면 다친다."

오두막에 큐브를 들이자마자 남아 있던 동생들이 소란스럽게 달라붙었다. 지오가 아이들을 내보내는 동안 선율은 큐브 정중앙의 붉은색 버튼을 눌러 뚜껑을 열었다. 뚜껑 밑의 좁은 공간에는 여러 종류의 전선과 팸플릿이 동봉되어 있었다. 부속품을 모두 꺼내 밀어 놓은 뒤 팸플릿을 펼쳤다.

아이콘트롤스의 최첨단 시냅스 스캐닝 기술은

고인의 기억과 의식을 그대로 구현합니다.

평생 플랜 구독을 통해 당신의 아이를

다시 한 번 품에 안으세요.

부모님에게 못 다한 말을 남기세요.

icontrols.newcomer.com

무슨 뜻인지 몰라도 충전 방법인 것 같지는 않았다. 선율은 충전 단자를 찾기 위해 소녀를 큐브에서 꺼냈다. 겉보기로는 사람과 똑같이 생겼지만 살갗을 맞대 보니 느낌이 달랐다. 매끄러우면서도 손톱으로 누르면 푹 들어가는 게 마치 말랑말랑한 유리를 만지는 것 같았다.

일단 눈으로 볼 수 있는 부분에는 미세한 이음새조차도 없었다. 선율은 소녀의 등줄기를 천천히 더듬어 올라갔다. 육면체 주사위를 이어 붙인 것처럼 오돌토돌한 굴곡이 이어지더니 목 바로 밑에서 멈췄다. 머리카락을 쓱 옆으로 치우자 목덜미에 엄지 하나 크기의 홈이 나타났다. 피부와 같은 재질로 덮인 플라스틱 뚜껑이었다. 전선을 연결할 수 있는 단자 구멍이 그 밑에 있었다.

"근데 이거, 우리가 쓰는 수동 발전기랑은 호환이 안 되네."

"호환이 안 된다고?"

"충전용 전선은 아닌 것 같아. 확실해."

지오는 삼촌한테 온갖 기계 다루는 법을 배운 아이였다. 비닐 포장을 뜯은 전선들을 한 손에 모아 쥔 지오는 설명을 시작했다.

"봐 봐, 사다리꼴인 이거. 영상을 연결해 주는 케이블이야. 아마 기계 인간의 눈에 들어오는 걸 좀 더 큰 화면으로 보는 용도겠지. 그리고 이건……."

"그렇게 말해도 모르거든."

선율은 퉁명스레 대꾸했다.

"이 기회에 배워. 내가 예전부터 알아 두라고 했잖아. 나라고 뭐 날 때부터 기계 잡고 태어났겠냐."

"서울 길 기억하기도 바쁜데 그런 것까지 알면 머리가 터지겠다."

지금 해결해야 할 문제는 하나뿐이었다. 태양광 패널도 없는데다가 가지고 있는 수동 발전기와는 호환이 안 된다.

망가진 기계 인간들이 그런 것처럼, 움직이지 않는 소녀는 평범한 부품 모음에 불과했다. 물론 이렇게까지 사람과 닮았다면 전리품 대우는 충분히 받겠지만 시합에서 이길지는 미지수였다. 우찬이 멀쩡히 움직이는 호버 보드라도 건져 오면 둔지산 물꾼들은 녀석의 손을 들어 줄 게 뻔했다.

"……어쩌지?"

"아니, 벌써부터 세상 끝난 표정이네."

지오는 어이가 없다는 듯 혀를 찼다.

"내가 안 된다는 이야기 하려고 그랬겠냐."

"안 된다는 이야기 하고 있었잖아."

"네가 중간에 말을 끊어서 그런 거지. 이거 봐라. 두 개나 있어."

지오는 붉고 맨들맨들한 원통을 불쑥 내밀더니 플라스틱 밑판을 분리했다. 밑판에는 익숙한 모양의 전선이 달랑거리고 있었다. 그걸 본 선율의 얼굴에 활기가 돌았다.

"배터리구나!"

그렇게 외친 선율은 고개를 숙이고 소녀의 하체로 시선을 옮겼다. 유연하게 움직이려면 허리가 중요할 텐데, 팔뚝만한 원통을 뱃속에 넣고 다닐 수 있을 것 같진 않았다. 배터리를 넣을 만한 공간은 다리뿐이었다. 아니나 다를까 허벅지 뒤쪽에 뚜껑이 하나 있었다.

"이대로 넣으면 된다 이거지?"

"일단 해 보자. 뭐, 따로 충전을 해야 할지도 모르겠지만……. 시합까지 며칠 남았어?"

"약속한 기간이 보름이니까 닷새 남았지. 오늘이 열흘째야."

선율은 지오에게서 배터리를 건네받았고, 잠시 멈췄다. 높다란 언덕을 넘자마자 능선 사이에 숨어 있던 거리를 새로 발견한 기분이었다. 배터리를 넣고 커버를 닫으면 다시 움직인다는 거지? 그런데 움직이면 우릴 보고 뭐라고 할까? 얘는 서울이 멀쩡하던 시절밖에는 기억하지 못할 텐데.

애초에 생각을 하기나 할까? 둔지산 애들이 가지고 있는 스피커처럼 미리 기억한 대답만 순서대로 내뱉는 거 아닐까? 기계 인간이라는 단어가 갑자기 얄궂게 느껴졌다. 기계, 인간. 어느 쪽에 방점을 찍어야 할지 알 수가 없었다. 물론 진짜 사람처럼 말하고 생각하고 움직인다면 멋지겠지. 심판들도 아무 고민 없이 선율의 손을 들 것이다.

하지만 소녀에게 이 상황을 설명할 자신이 없었다.

"배터리 넣는 법 모르겠어?"

가만히 굳어 있는 시간이 길어지자 지오가 자기가 하겠다는 듯 손을 뻗어 왔다. 윗몸을 수그려 피하는 순간 아까 보았던 팸플릿 문구가 선율의 뇌리를 스쳤다. 처음에 볼 땐 모르는 단어가 너무 많아서 그냥 지나쳤는데, 지금 생각해보니 중요한 건 따로 있었다.

"잠깐, 잠깐!"

선율은 배터리를 옆에 내려놓고 팸플릿을 주워 들었다.

"이것 좀 봐. 첫 번째 문장. 이게 무슨 뜻일 거 같아?"

"아이콘트롤스의 최첨단 시냅스 스캐닝 기술은 고인의 기억과 의식을 그대로 구현합니다."

안내문을 따라 읽은 지오가 영문을 모르겠다는 듯 눈을 끔벅였다.

"아이콘트롤스. 시냅스 스캐닝……. 처음 보는 단어인데. 이런 건 삼촌도 모르겠다."

삼촌은 선율과 지오를 포함한, 일곱 명 남짓한 아이들을 지금껏 길러 온 사람 중 하나였다. 지오에게 기계 쓰는 법을 가르친 스승이기도 했다. 원래는 근처의 대학에서 박사 과정을 밟았다고 했다. 댐이 무너졌을 때 당황하는 사람들을 이끌고 노고산에 올랐다가, 그대로 눌러앉았다는 거였다. 거기엔 태영유

치원의 새싹반 아이들도 포함되어 있었다.

"아니, 그게 아니라. 고인의 기억과 의식을 그대로 구현한다는 부분. 고인이라잖아."

"고인이라. 죽은 사람이라……."

중얼거리던 지오의 눈이 곧 휘둥그레졌다.

"얘가 죽은 사람이라는 거야?"

"그러니까, 죽은 사람을 기계로 다시 만든 것 같아. 똑같이 생각하고 움직이도록."

그 말을 입 밖에 내자마자 죽음이라는 게 갑자기 낯설어졌다. 살아 있는 것이라면 언젠가 사라지기 마련인데, 예전에는 그걸 피해 갈 방법이 있었던 걸까. 음식을 얼려서 며칠이고 몇 달이고 먹었던 것처럼 죽은 사람까지도 붙잡아 둘 수 있었던 걸까.

선율은 잠깐, 영영 세상을 떠난 사람들을 떠올렸다. 당장 물속에 뛰어들면 이름도 얼굴도 모를 시체들을 볼 수 있었다. 올라온 시기를 놓친 죽은 물꾼들에게서, 공기탱크를 벗겨 내기도 했다. 죽음은 바다뿐 아니라 산에도 있었다. 기침감기가 폐렴으로 변하는 건 한순간이었고 못에 찔린 상처가 곪으면 항생제도 소용이 없었다. 그럴 때 할 수 있는 일은 묏자리를 준비하는 게 다였다.

사람들은 주검을 파묻으면서 기억도 함께 흙 속에 던져 넣었다. 손이 네 개쯤 있었다면 둘은 낚싯대를 쥐는 데 쓰고 나머지 둘로는 묘비를 붙잡았겠지만 그럴 수 있는 사람은 아무도 없었다. 살기 위해서는 잊어야 했다.

그 사실을 떠올리자니 눈 앞의 소녀가 만질 수 있는 거짓말처럼 느껴졌다. 죽은 사람을 기계로 만들어서라도 옆에 붙들어 두려 했다는 사실이, 그게 고작 십오 년 전이라는 사실이, 그 십오 년 전의 서울에는 소녀를 끔찍이도 그리워한 사람들이 있었다는 사실이. 그들에게 소녀가 소중했던 만큼 소녀에게도 그들이 소중했을 터였다.

"기억도 남아 있다 이거지. 배터리가 있어야 움직이는 걸 빼면 진짜 사람이랑 똑같고."

똑같은 결론에 다다른 듯 지오의 표정이 심각해졌다.

"이거, 일어나면 우리한테 할 말 엄청 많을 거 같은데. 원래 알던 사람들은 다 어디 있냐고, 계속 이렇게 살아야 되냐고, 그리고……."

"이럴 거면 왜 깨웠냐고."

선율이 말을 받자 지오의 고개가 신중한 태도로, 아래위로 움직였다. 선율은 소녀의 심정을 떠올려 보았다. 어른들이 말하기로는, 옛날의 서울은 날씨가 추워도 걱정할 필요가 없고 수도꼭지를 돌리기만 하면 깨끗한 물이 나오는, 마법 같은 곳이었다고 했다. 그런 곳에서 즐겁게 살고 있었는데 갑자기 우중충한 오두막에서 눈을 뜨는 것이다. 좋은 일일 리가 없었다.

선율은 소녀의 눈이 열리면서 속눈썹을 따라 꿈이 굴러 떨어지는 장면을 상상했다. 머릿속에만 남게 된 것들을 그렇게 떨쳐 낼 수만 있다면 얼마나 좋을까. 사람의 마음이 그토록 쉽다면.

"좋은 꿈을 꾸고 있는데 깨우면 싫겠지?"

선율은 질문을 던졌다. 지오는 긴 침묵 끝에 입을 열었다.

"그래도…… 일어나긴 해야지. 언젠가는 깰 텐데."

"영원히 안 일어날 수 있으면? 계속 꿈만 꿀 수 있으면? 일어났는데 꿈이 안 잊히면?"

소녀는 아직 과거에 잠들어 있다. 지금과는 비교할 수 없을 정도로 멋진 과거에. 망가지지도 않은 물건들을 버려 대고 냉장고에 음식을 박아 둔 채 잊을 수 있었던 시절에. 물론 꿈이긴 했지만, 선율은 그런 꿈이라면 잠만 자다가 굶어 죽어도 괜찮을 거라고 생각했다.

"일단은 깨워 보고 생각할 일인 것 같아. 그렇잖아. 닷새밖에 안 남았어. 그동안 이거보다 신기한 걸 찾기도 어려울 테고……. 우찬 형을 이기려면 평범한 물건으로는 안 될걸. 다른 큐브를 가져오더라도 문제는 똑같을 테고."

"……이대로라면 공기탱크를 뺏기겠지. 난 걔한테 사과하긴 싫거든."

선율은 순순히 인정했다.

“잘 아네. 그러니까, 얘는 어차피 전기가 없으면 멈추잖아. 사정을 설명하고 같이 둔지산까지 가 달라고 부탁해. 시합만 마치고 배터리를 다시 빼 주겠다고 하면 되는 거야.”

“배터리를 다시 빼 주겠다고?”

선율은 지오의 제안을 입 속에서 굴려 보았다. 틀린 말은 아니었다. 전류가 끊기면 기계는 아무것도 모르는 상태로 돌아갈 수 있었다. 잊을 걱정조차 없는 어둠 속으로. 하지만 뒤바뀐 세계를 보여 주고서 내놓는 대안이 도로 배터리를 빼 주겠다,라면 그것도 이상했다.

어디서부터 풀어 나가야 할지 감도 안 잡히는 이야기였다. 그런데 그거 하나로 해결이 될 거라고? 너무 명쾌한 거 아니야?

“얘가 다 싫다면서 도망가면 어떡해? 아니면 물에 빠져서 스스로 고장을 낼 수도 있고…….”

“그건 일단 깨워서 말을 해 봐야 알겠지만,”

지오는 고개를 설레설레 저었다.

“아무것도 안 하는 것보다는 나을걸. 이대로 있으면 무조건 진다니까.”

수호

걱정과 달리 소녀의 반응은 침착했다. 지오와 선율을 빤히 바라보다가, 여기가 혹시 사후 세계 같은 것이냐고 묻는 게 고작이었다. 선율은 어설프게 둘러대는 대신 자신이 아는 내용을 그대로 말해 주었다.

세상의 얼음이 모두 녹아서 바다 높이가 한참은 높아졌다고. 그래서 한국 주변에 댐을 세우게 되었다고. 그런데 전쟁이 일어나면서 댐이 무너지고 서울도 물에 잠기게 되었다고. 그게 벌써 십오 년 전의 이야기라고.

설명을 잠자코 듣던 소녀는 멍한 표정으로 물었다.

"그러면 난 왜 여기 있는 거야?"

"우리는 물꾼이거든. 서울에 잠수해서 옛날 물건을 가져오는 거야. 처음 보는 빌딩 지하층에 들렀는데 웬 사람들이 플라스틱 상자에 담겨 있더라."

선율은 우찬과 내기 이야기는 입 속에 남겨 두었다. 자세한 사정은 서로 마음을 연 다음에 늘어놓아야 할 것 같았다. 소녀도 이 정도 설명으로 만족했는지 고개를 끄덕이고는 침묵 속으로 빠져들었다. 초연한 태도는 과거에 한 발을 걸친 채, 새로운 세상으로 넘어가도 되는지 고민하는 탐험가를 연상시켰다. 그게 오히려 불안했다.

"있지, 여기서 사는 건 예전보다 나쁠 거야. 그건 확실해. 우리야 멀쩡한 서울을 못 봐서 모르지만, 너는 알잖아. 조금 전까지만 해도 거기에서 살다 왔잖아. 그러니까…… 여기가 싫으면, 다시 바다로 돌아가고 싶으면 그렇게 해 줄게."

"설마 날 죽이겠다는 거야?"

소녀의 반문에 선율은 계산해 본 적도 없는 가능성을 맞닥뜨렸다. 잠깐만, 얘는 자기가 기계 인간이라는 걸 알고 있을까? 기억이 남아 있다면 어디까지 남아 있을까? 혹시 죽었을 때의 기억까지 있어서, 우리를 보자마자 저승이냐고 물어본 게 아닐까? 겁먹지도, 화내지도 않는 게 이것 때문일지도 모르겠다는 생각이 들었다. 자신이 죽은 건 알고 있지만 기계 인간으로 되살아났다는 생각은 하지 못하는 것이다. 그래서 이 상황에 현실감을 못 느끼는 거고.

"아니, 무슨 얘기냐면……."

주위를 두리번거리던 선율은 지오의 발치에서 팸플릿을 발견했다.

"너랑 같이 들어 있던 거거든. 한 번 읽어 봐. 안 길어."

종이를 건네받은 소녀는 양손으로 밑단을 쥐고는 몇 번이고 내용을 살폈다. 그 네 문장을 이해하기 어려운 게 아니라 이해한 사실을 사실로 받아들이는 게 어려운 것 같았다. 선율은 손에 땀이 차오르는 걸 느끼며 소녀의 시선을 눈으로 좇았다. 너비가 서로 다른 테두리들이 한가운데의, 작고 까만 구멍을 둘러싸며 눈동자를 이루고 있었다. 눈가에 어룽거리던 빛 조각이 그 안으로 빨려드는 듯하더니 소녀가 입을 열었다.

"몇 달 전에 이 회사에서 상담받았던 기억이 나. 2038년 마지막 달에. 데이터를 제대로 수집하려면 머리에 전극을 꽂고 한 달쯤 지내야 한다더라고. 그래서 머리를 다 깎았는데……. 일어나 보니까 다시 자라 있네."

소녀는 선율을 빤히 바라보다가 입꼬리를 끌어당겨 살짝 웃었다.

"그러니까, 몇 달 전이라고 하면 안 되겠지?"

예상이 빗나갔다. 자기가 죽은 것도 아는 데다가 기계 인간이 되었다는 것도 안다. 정확히는, 자신이 죽으면 기계 인간이 될 예정이라는 걸 받아들였다. 펑펑 우는 것보다 훨씬 나은 반응이었지만 수수께끼 속에 갇힌 느낌은 여전했다.

"마지막 기억이 2038년이라는 거지?"

"응, 그때 열여덟이었어. 지금은 언제인데?"

서로 우물쭈물 대던 끝에 지오가 대답했다.

"어 — 올해는 2057년이야. 틀렸을 수도 있지만 일단 여기 사람들은 다 그렇게 믿고 있어."

"다른 지방 사람들은 어때?"

"다른 지방?"

"한국에 서울만 있는 건 아니잖아. 수원도 있고, 원주도 있고, 세종시도 있으니까."

선율이 아는 세상의 끝은 경기도, 그중에서도 판교였다. 더 아래로 내려갈 이유가 없었던 것이다.

판교는 기계를 잘 다루는 사람들이 모인 곳이었다. 그들은 통조림을 받고 망가진 전리품을 고쳐 주었고, 반대로 필요한 부품은 사들였다. 어디에 쓰는지 모를 물건이라면 일단 판교에 들러 보라는 말이 있을 정도였다. 선율도 몇 번, 삼촌을 따라 판교에 발을 디딘 적이 있었다.

"수원은 판교 아래에 있다고 듣긴 했는데, 가 본 적은 없어. 다른 두 개는 모르겠고. 판교까지만 가 봤거든."

"판교면 분당 옆에 거기 말하는 거야?"

"어. 건물이 한참 높고, 창문이 번쩍번쩍하고, 기계 좋아하는 아저씨들 많고."

"판교는 멀쩡하구나. 신기한데……."

"아니 아니, 판교도 물바다야. 수원도 그렇대. 그러니까 다른 곳도 마찬가지일걸."

판교 사람들은 산이 아니라 건물 옥상에서 살았다. 정육면체 속에 창문이 격자처럼 박힌 건물들은 구분이 쉽지 않은 데다가 햇살을 받으면 눈이 아프도록 번쩍였다. 창문이 벽을 모두 대신한 곳도 있었는데 옥상에 올라서면 빛 위를 걷는 기분이 들었다. 그래서인지 그런 건물이 모인 판교는 출렁이는 유리처럼 보였다. 해가 뜨고 가라앉을 때마다 녹았다 굳기를 반복하는 유리 말이다.

기억을 되짚으니 판교에서 얼핏 들은 이야기가 떠올랐다. 바다가 끝나고 커다란 산이 보이는 지점에서부터 한참을 걸으면 강원도라는 곳이 나오는데, 사람들이 사는 곳은 모두 전기 울타리로 막혀 있어서 가까이 갔다간 죽기 십상이라는 거였다. 운이 좋아서 울타리를 넘더라도 결국엔 쫓겨나게 된다고 했다.

"멀쩡한 데가 하나 있긴 하다. 나도 듣기만 했는데, 강원도는 산이 높아서 바닷물이 안 넘어갔다는 거야. 예전에는 거기에서 우릴 구하러 오기도 했다는데, 요즘은 못 오게 막는대. 같이 살기 싫다고."

"원래 살던 사람들 아니면 아예 못 들어가는 거야? 거기 몇 명이나 있는데?"

"나야 모르지. 일단 울타리는 우리 키보다 높다던데."

"으음."

짧은 신음이 흘러나오더니 고민에 빠진 듯 입술이 다물렸다. 선율은 소녀의 얼굴을 똑바로 바라보았다. 사람의 눈은 한결같은 검정색이었지만 기계의 렌즈는 아니었다. 빛은 검은 테두리 속에서 보라색으로, 연두색으로, 파란색으로 변해 반들거렸다. 소녀의 눈도 그랬다.

눈을 반쯤 덮은 속눈썹이 물에 잠긴 나뭇잎의 그물맥처럼 섬세해 보였다. 선율은 그 뒤편에 웅크려 있을 금속제 뇌를, 거기에 담긴 마음을 생각했다. 2038년 12월의 서울에서 출발해 2057년의 서울에 도착한 마음을. 자신의 죽음을 알고 받아들이는 마음을. 전기로 만들어진 마음도 피와 살로 만들어진 마음만큼이나 복잡할 거라는 생각이 들었다.

*

침묵이 버거워질 무렵 동생들이 오두막 문을 열고 뛰어 들어왔다. 삼촌이 돌아왔다는 거였다. 여자애도 생각을 정리해야 할 테니 일단은 혼자 두는 게 좋겠다는 계산이 섰다. 둘은 귀찮게 굴지 말라고 동생들에게 엄포를 놓은 다음 오두막을 나왔고, 팸플릿도 주머니에 챙겼다.

“삼촌은 어디까지 알고 있을까? 애들이 떠들어서 대충은 들었을 텐데.”

“뭐를?”

지오가 되물었다.

“이번에 삼촌이 판교 가서 라디오 개조한다고 꽤 오랫동안 안 왔잖아. 그래서 우리가 배도 마음대로 쓴 거고. 우찬이랑 싸움 난 것도 아예 모르고 있을걸.”

“어차피 들킬 작정으로 벌인 일 아니었어?”

“아니, 뭐. 이미 일어난 일이니까 또 어쩌겠냐 싶긴 한데, 삼촌한텐 뭐라고 말해야 하냐는 거지.”

“질문 안에 답이 있네. 이미 일어난 일이잖아.”

“너무 고민이 없는 거 아니야?”

“자존심 하나로 십오 미터, 이십 미터씩 잘만 내려가면서 이런 일로 벌벌 떠는 게 더 이상하다. 난 너 제대로 못 올라오면 밧줄 풀고 그냥 가려고 했어. 배 뒤집어지면 같이 죽는 거잖아. 두 명 죽고 배까지 잃는 것보다는 한 명만 죽는 게 낫지.”

“지금 농담하는 거지?”

“진담인데.”

지오는 얼굴을 찌푸린 채 혀를 쑥 내밀어 보였다. 선율은 지오의 등짝을 한 대 후려치고는 앞을 바라보았다. 삼촌이 2인승 호버 보드를 세워 놓은 채 바위에 걸터앉아 있었다. 등 뒤에 선

선율은 삼촌의 어깨에 손을 얹었다.

"하도 안 와서, 오다가 가라앉은 줄 알았어요."

"판교에 한 달은 있었지. 돌아가려던 차에 호버 보드가 고장 나서 수리를 또 받아야 했거든. 그동안 다들 잘 지낸 것 같으니 다행이지만……."

삼촌은 수평선에서 시선을 떼지 않은 채로 답하다가 불쑥 고개를 돌려 선율을 보았다.

"한 명이 더 와야겠는데, 그렇지?"

소식은 들었고, 이제는 당사자의 해명을 들어 볼 차례라는 듯했다. 지오가 나는 모른다는 양 몇 걸음 멀어졌다. 선율은 녀석의 팔을 붙들고는 삼촌의 옆에 주저앉았다.

"애들이 어디서부터 어디까지 얘기했어요?"

"우찬이랑 내기를 했다던데. 보름 안에 용산 쪽에서 더 멋진 물건을 가져오는 사람이 이긴다고. 그러고 한참을 안 보이더니 갑자기 여자애를 데려왔다고."

"기계 인간이에요. 자기가 죽었다는 것도 알고, 기계 인간이 됐다는 것도 알아요."

선율은 주머니에서 팸플릿을 꺼내 건넸다.

"보시면 알 거예요. 배터리 충전기도 있고."

"평생 플랜 구독을 통해 당신의 아이를 다시 한 번 품에 안으세요……?"

팸플릿의 문구를 소리 내어 읽은 삼촌은 신중한 태도로 고개를 끄덕였다.

"그래서, 그 애를 내기에 내보내려고? 이게 어떤 상황인지는 알려 줬고? 너랑 우찬이 사이의 문제보다도, 서울이 이렇게 된 이유라거나 하는 것 말이야."

"그런 건 다 설명했죠. 2038년이 마지막 기억이라는데요. 내기는 아직 며칠 남았으니까 두고 보다가 적당할 때 말 꺼내면 되지 않을까 싶어요. 같이 둔지산 가자는 게 어려운 일도 아니고, 걔가 딱히 할 일이 있는 것도 아니니까."

"우리랑 비슷한 나이에요. 열여덟."

지오가 끼어들었다.

"2038년에 열여덟이었으면, 보자. 나보다 약간 어리겠는데. 일고여덟 살 정도……."

삼촌은 거기까지만 말하고서는 느닷없이 입을 다물었다. 선율에게는 그런 식으로 말이 끊기는 순간의 위화감마저도 익숙했다. 삼촌은 예전 이야기를 유독 꺼렸던 것이다.

"내기는 너희가 이긴 셈 치자. 멀쩡하게 움직이는 기계 인간은 흔치 않으니까 말이야. 그래서, 그 다음에는 어쩔 생각이니?"

"그거야 가 봐야 알겠지만요, 일단 원하면 다시 바다 속으로 돌려보내 주겠다고 말은 했어요. 제가 생각해 봐도 이런 데서 살고 싶진 않을 거 같아서."

선율은 이런 데서,라는 말은 특히 조심스럽게 발음했다. 노고산에 무슨 흠결이 있다는 듯한 느낌을 주고 싶지 않아서였다.

물론 노고산에는 자랑거리도 없었다. 이제는 사람까지 없어질 판이었다. 어른들은 예전에 떠났다. 우찬도 다른 산으로 가 버렸다. 노고산에 남은 건 선율 또래의 아이들 몇과 삼촌뿐이었다. 시간이 또 흐르면 그 아이들도 다른 곳으로 갈 터였다. 호버 보드를 타고 삼십 분만 가면 남산도 나오고 안산도 나오니까. 거기가 여기보다는 좋으니까.

하지만 삼촌은 이런 데, 에 구태여 사감을 섞어 들을 생각이 없어 보였다. 하기야 십구 년이라는 시간에 비하면 노고산과 남산의 차이쯤은 사소했다.

"그런 생각은 서로 이야기를 나눠 보고 떠올린 거야, 아니면 깨우기 전부터 한 거야?"

"일단 깨우기 전에도 했는데요, 저는 그래서 배터리를 넣어도 괜찮겠냐는 쪽이었거든요."

선율은 눈을 게슴츠레 뜨고는 검지로 지오를 가리켰다.

"재가 일단 깨우자고 했어요. 재가요."

"야, 데려온 건 너잖아!"

어처구니없다는 듯 소리를 내지른 지오는 분위기가 바뀐 걸 깨닫고 자세를 바로잡았다. 유쾌한 기색이 감돌던 삼촌의 표정이 사뭇 진지해져 있었다. 책임을 떠넘기면서 농담을 주고받을 상황은 아닌 것이다.

"그걸 알면서도 깨웠다는 이야기지. 내기에서 이기고 싶어서."

"네."

둘은 풀죽은 기색으로 고개를 끄덕였다.

"그러면 안 돼. 누군가를 죽이는 건 나쁜 일이지만 반대로 억지로 살려서도 안 된단 말이야. 그 사람이 아니라 널 위해서 한 일이라면 더더욱. 원한다면 다시 배터리를 빼 주겠다, 하는 말로 끝나는 문제가 아니야. 며칠이고 몇 달이고를 떠나서, 단 한 시간만 깨어 있다가 다시 꺼질지라도, 멋대로 배터리를 넣은 시점에서 이미 이기적으로 군 거야."

"하지만 배터리를 안 넣으면 계속 살고 싶냐, 아니냐를 물어볼 수도 없는데요……."

지오가 조심스레 반박했다.

"……물론 물어보면 아니라고 할 것 같지만요."

"단순히 살아 있으면 좋다, 죽으면 나쁘다 하는 느낌만으로는 그런 대답밖에 못 할 거야. 알 수 없으면 하지 말아야지. 알 수 없으니까, 일단 저지른 다음 물어보는 건 예의가 아니란 소리다. 게다가 그 다음의 일을 생각해 두지도 않았다면. 너희가 어떻게 느낄진 모르겠지만 적어도 나는 그렇게 믿어……."

삼촌은 멀리 수평선 너머에 삐죽 솟은 세강타워를 물끄러미 바라보다가, 한숨 같은 문장을 떨어뜨렸다.

"사람뿐만이 아니야."

소리는 거기에서 멎었지만 선율은 입 속에 남은 말을 이미 들은 듯한 기분이었다.

삼촌은 이상한 사람이었다. 이미 끝난 걸 붙잡아 두어서는 안 된다는 게 삼촌의 말버릇이었는데도 스스로는 전혀 그렇게 살고 있지 않았다.

댐으로 막아야 하는 도시라면 바다에 잠기는 게 당연하다고 말하면서도 삼촌은 서울에 머물렀다. 물꾼이 서울을 파고드는 걸 못마땅하게 여기는데도 누군가 기계를 고쳐 달라고 하면 선뜻 받아들였다. 죽은 이를 기억할 필요가 없다고 했지만 무덤 앞에 꽃을 올리는 건 언제나 삼촌이었다.

그런 사실을 늘어놓다 보면 삼촌이 바라는 건 도대체 무엇일까 의아해질 때가 있었다.

*

오두막에는 소녀가 없었다. 아이들에게 묻자 물가로 내려갔다는 답이 나왔다. 붕 뜬 듯 걸어가는 뒷모습이 살아 있는 것 같지 않아서, 햇볕이 잠깐 구름 사이로 비치면서 만들어 내는 착시 같아서, 그래서 따라갈 생각도 하지 못하고 가만히 지켜

봤다고 했다. 선율은 그게 무엇인지 알고 있었다.

산의 이름보다는 시멘트 덩어리의 이름을 더 잘 기억하는 사람들이 있었다. 그들은 해가 뜨기도 전부터 물가로 가서 바다를 빤히 바라보곤 했다. 한때는 아파트였고 빌딩이었던 덩어리들이 새벽노을 속에서 작아지고 작아지다가 결국엔 빛의 일부가 되어 버릴 때까지.

그런 사람들에 대한 기억은 언제나 걸음으로 끝났다. 그들은 그냥 걸었다. 앞으로, 앞으로, 물에 정수리가 잠기고서도 발밑에 공간이 남을 때까지, 앞으로. 자신이 밟고 있는 것이 바다가 아니라 아스팔트라도 되는 것처럼 태연스럽게.

그건 병들거나 늙어서 죽는 것과는 완전히 다른 일이었다. 사람들은 그런 죽음을 두고, 죽은 게 아니라 서울로 내려갔을 뿐이라고, 강원도로 떠나고 판교로 가는 것처럼 더 좋은 삶을 찾아간 것이라고들 했다. 수많은 어른들이 그렇게 떠났으니까 소녀도 그럴 수 있었다. 하지만 그래서는 안 되는데.

우찬과의 내기에서 이기고 싶은 마음 뒤편에서 이상한 덩어리가 뭉글거렸다. 생각이 되기에는 낱말이 부족하고 감정이 되기에는 방향이 없는, 그냥 느낌이었다. 느낌에 대한 느낌.

선율은 거기에 불안이나 초조함 같은 이름을 붙여 보다가 그만두었고, 오두막 밖으로 한 발짝을 내디뎠다. 삼촌과 지오가 먼저 나와 있었다. 셋은 꼬마들이 가리킨 방향을 말없이 바라보았다. 관목 덤불이 뭍과 물의 경계면을 가리고 있었다. 침묵이 길어지다가 삼촌이 입을 열었다.

"그 애, 이름은 물어봤어?"

"안 물어봤어요."

"무덤은 못 만들겠구나."

선율이 앞서 나갔고 지오가 가장 뒤에 있었다. 덤불을 지나 비탈면으로 내려가자 소녀의 등이 보였다. 티셔츠가 뭍에도 물에도 없는 낯선 색을 띠고 있었다. 흠뻑 젖은 하양. 소녀가 기척을 알아차리고는 고개를 돌려 선율을 보았다.

얼굴에는 아무 움직임이 없는데도 나지막한 목소리가 들려와서, 현실감이 묘하게 흐릿해졌다.

"뚜껑이 꽤 튼튼하더라. 수영 좀 한다고 고장 나진 않을 거야."

입을 열지 않아도 말할 수 있는 건 스피커 덕분일까. 선율은 그런 의문을 떠올리면서 두 문장의 속뜻을 짐작해 보았다. 꼬마들은 시끄러우니까 둔지산 내기를 두고 실컷 떠들어 댔을 것이다. 그래서 소녀는 고장 나지 않은 기계 인간이 아주 귀하다는 것도, 자신의 역할이 무엇인지도 알게 되었을 것이다.

"으응."

생각이 순식간에 멀어지더니 입 밖으로 앓는 듯한 소리가 튀어나왔다. 소녀는 키득거리기만 하고 더 말하지 않았다. 그렇게 심장이 여남은 번 뛸 시간이 지나 삼촌이 왔고 지오도 왔다.

삼촌의 얼굴에 놀란 기색이 떠올랐지만 잠깐이었다. 선율과 지오는 몇 발짝 물러난 채 오래된 세상에 살던 사람들이 서로 이야기하는 모습을 지켜보았다.

낱말들은 한동안 2042년 근처를 맴돌았다. 폭격에 피해를 입은 곳은 댐뿐만이 아니었다. 여의도와 세종시가, 인계동 일대의 건물 전체가, 포천과 파주의 중심지가 고스란히 가루로 변한 뒤 물에 잠겼다. 알려지지 않았거나 기억을 떠난 피해는 더 많았다. 삼촌의 말을 빌리자면, 여기는 '세강타워가 멀쩡히 남아 있다는 사실이 가장 놀라운' 세상이었다.

"안 무너졌어요? 뉴스에서 지반 때문에 만날 기울어진다, 쓰러진다, 재공사를 해야 한다 하면서 난리도 아니었는데. 그거는 폭탄을 안 맞아도 무너졌을 것 같은데요."

"볼 때마다 놀랍긴 해. 여기에서도 세강타워가 보이는데……."

"서울만 이런 건 아니라는 거죠. 그러면 산 말고 건물에서 사는 사람들도 있어요? 저기 아파트 같은 것들요. 높은 건물들은 안 잠겼으니까 될 것 같은데."

"산이 별로 없는 동네는 그러기도 했는데 서울에는 거의 없다고 봐야지. 지원품은 산 위주로 떨어지고, 냉장고 같은 것도 진작 고장이 났으니까. 게다가 콘크리트밖에 없으니 먹을 걸 기르기도 어렵고, 낮엔 찜통이고 지하는 침수돼서 살 곳이 못 되고……."

그러고서는 주제가 한순간에 쭈그러들었다. 세계에 대한 것에서 한 사람에 대한 것으로. 소녀는 삼촌에게 원래는 무엇을 하던 사람이냐고 물었고, 삼촌은 항상 그랬던 것처럼 답을 피했다. 짧은 침묵이 있더니 이번에는 삼촌이 소녀의 이름을 물었다.

"채수호요. 채, 수호."

"채수호."

선율은 세 어절을 되풀이하는 삼촌의 표정이 세상으로부터 조금 멀어졌다는 인상을 받았다. 그런 얼굴을 할 수 있는 건 어른들뿐이었다. 서로에게서 자신이 미처 떠올리지 못한 순간들을 찾으려 애쓰고, 그걸 과거를 그리는 재료로 삼는 것. 그렇게 각자의 괴로움과 그리움으로 십오 년 전의 서울을 빚어 내는 것. 삼촌은 무언가 말하려는 듯 입을 열었다가, 다물었고, 다시 열었다.

"그래서 어떻게 하고 싶니?"

"아직은 잘 모르겠어요."

"그러면 난 작업실에 가 있을 테니, 생각이 정리되면 들러라. 오두막에 있는 애들한테 물어보면 어디인지 알려줄 거다."

삼촌은 지오와 함께 갔다. 둘은 아마도 호버 보드를 점검할 것이다. 그 다음에는 판교에서 고쳐 온 라디오를 작업실 탁자에 꺼내 놓겠지. 아니면 밀린 의뢰부터 확인할지도 모르고. 선율은 둘을 따라가는 대신 수호 옆에 앉았다. 수호가 아주 짧게 물었다.

"왜?"

그러게, 왜 옆에 남았을까? 소녀를 둔지산에 멀쩡히 데려가려면 지금부터 점수를 쌓아 놓아야 해서? 아니면 그냥 물건 취급만 한 게 미안해서? 두 갈래 생각이 선율의 양손을 붙잡고는 서로 다른 방향으로 끌어당겼고, 결국에는 어느 쪽이 옳은지 알 수 없어졌다.

긴 생각 끝에 남은 건 사과해야 한다는 마음뿐이었다. 또 질문들이 피어올랐다. 사과를 하려는 건 점수를 따기 위해서일까, 아니면 진심의 표현일까? 스스로 만든 의문이라면 답도 스스로에게 있을 게 분명한데 도통 떠오르는 게 없었다. 결국 한 말이라고는 그냥, 뿐이었다. 그냥. 그러자 수호는 입꼬리만을 끌어당겨 웃어 보였다.

그리고 오래도록 아무도 말하지 않았다. 해가 보이지 않는 천장에라도 닿은 것처럼 아래로 내려가다가 세강타워의 정중앙에 걸렸다. 그 뒤편의 하늘은 푸른 색이었지만 살짝 붉은 색이 섞여 있었다. 붉은 기운이 완연해질 즈음 수호가 입을 열었다.

"예전에 이런 뉴스를 봤어. 저 건물 말이야, 지반이 불안정해서 위험하다고. 자칫하면 무너질 수 있다고, 곧 그렇게 될 거라고. 그래서 가끔은 기도를 했어. 꼭 무너지게 해 달라고. 그게 아니라면 아예 신문 기사로도 나오지 않았으면 좋겠다고."

"왜?"

"아마 답답했던 것 같아."

거기에서부터 느닷없이 이야기가 시작되었다. 수호는 자신이 오랫동안 아팠다고, 부모님이 자신의 기억을 컴퓨터에 베껴 둔 것도 그것 때문이라고 했다.

"열두 살부터 병원에서 누워만 지냈어. 방사선 치료니, 척추 주사니, 온갖 치료는 다 받으면서. 나아지지도, 아예 끝나지도 않는 상태로. 이렇게까지 열심히 살아 있을 필요는 없다고 생각했지."

열심히 살 필요. 열심히 살아 있을 필요. 선율은 세 음절을 빼고 더하는 것만으로도 느낌이 단번에 바뀐다는 사실을 알아차렸다. 병원은 흔적으로만 보았어도 병에 걸리는 게 어떤 일인지는 잘 알았다. 수없이 기침을 하며 고통스러워하던 이모가 끝내 죽는 모습을 지켜보기도 했다. 낫지도, 죽지도 못하고 숨만 붙여 놓은 채로 육 년을 보냈다면 그저 살아 있는 것조차도 열심이 될 수 있을 것 같았다.

"그렇게 노력해도 그대로였다는 거지?"

"죽는 날만 늦추는 거야."

"그걸 부모님도 알았어?"

"당연히 알지. 아닌 척이야 했지만, 내가 나을 거라고 믿었으면 기억은 왜 저장해 뒀겠어? 곧 죽을 거라고 생각했으니까 그런 거야."

"그렇구나."

"재미있지 않아?"

"뭐가 재미있는데?"

"살고 싶지 않았던 사람은 살아 있고, 곧 무너진다던 건물은 멀쩡하게 서 있는 거. 살려 놓은 사람도, 다른 건물도 이젠 없는데."

이상하리만치 경쾌한 웃음소리와 함께 수호의 등이 가볍게 들썩였다. 그 뒤편으로 길게 늘어지는 그림자는 이제는 사라진 시간을 잘라 꿰맨 것처럼 보였다. 선율은 팔을 등뒤로 뻗어, 물건을 훔쳐 내듯 그늘에 손끝을 담갔다. 손바닥 아래에서 이상하도록 생경한 사실들이 흙모래와 함께 버석거렸다.

죽을 걸 알면서도 끝끝내 그 순간을 미루려 했다는 것. 그러고서는 결국 되살려 냈다는 것. 그게 정말로 가능했다는 것. 당사자는 원치 않을지라도. 그런 일은 꿈처럼 터무니없게 느껴졌지만, 예전의 서울은 정말로 터무니없는 곳이었다고들 했다. 음식이 썩어 날 만큼 많아서, 말 그대로 음식을 썩혔다고. 냉장고에 넣어 뒀다가 그만 잊어버릴 수 있었고, 맛이 없으면 그냥 버렸다고.

선율은 소중한 것은 한없이 소중해지고 하찮은 것은 한없이 하찮아지는 세상을 생각했다. 수호의 부모님이 어떤 마음으로 딸을 붙들어 놓았을지 생각했고 가족 이야기를 하면서 울던 어른들을 생각했다. 그런 종류의 눈물이라면 얼마든지 상상할 수 있었다. 하지만 수호의 삶은 수호 자신에게만큼은 소중해 보이지 않았고, 그래서 선율은 수호의 마음을 가늠하지 못했다.

"미안해."

"사과할 필요는 없어. 내기 물건쯤이야 못 될 것도 없고. 어차피 직접 배터리를 빼면 끝나는 걸. 아니면 바다 밑바닥까지 내려가는 것도 괜찮겠지. 그러고 싶었다면 이미 했을 거야. 이거 봐, 이렇게……."

해가 거의 물가에 닿아 있었다. 몸을 일으킨 수호는 옆의 바위로 올라가서는 바다를 향해 몸을 던져 넣었다. 먹색 물기둥이 잘못 그은 획처럼, 노을 사이로 삐죽 솟더니 사람의 형체로 변했다.

"그런데 궁금한 게 있어서, 그걸 알 때까진 살아 보려고."

문장에 마침표가 찍히면서 수면이 다시 고요해졌다. 잔물결이 화려한 도시를 숨긴 채 사소하게 반짝였다.

저 밑에는 가끔, 열다섯 해가 흐르도록 한 번도 열리지 않은 문들이 있다. 그런 문을 열면 물이 일시에 움직이면서 거센 물길이 생긴다. 거기에 잘못 휘말리면 벽에 부딪혀서 헬멧이 깨지거나 공기탱크에 구멍이 나기도 한다.

하지만 불운을 예감하면서도 열 수밖에 없다. 좋은 물건은 그런 곳에만 있으니까. 선율은 삶에도 가끔 그런 순간이 있다는 걸 알았다. 무언가가 잘못되고 있다는 불안과, 이래야만 한다는 강박이 서로를 옭아매면서 만들어 내는 순간이. 선율은 천천히 물었다.

"궁금한 거라니?"

"지금은 2057년이고, 내 마지막 기억은 2038년이지. 그 사이에는 십구 년이 있고. 그런데 서울이 이렇게 된 게 십오 년 전이라고 했잖아. 사 년이 텅 비네. 왜일까? 나는 사 년 동안 거기에서 뭘 하고 있었던 걸까?"

물가로 올라온 수호는 선율의 앞에 섰다. 해를 등진 수호의 몸은 횃불의 심지처럼 보였고 노을은 거대한 불꽃 같았다. 어둠에 파묻힌 얼굴 속에서 두 눈이, 플라스틱과 유리알로 이루어진 눈이 맹렬하게 빛났다.

"여기에 앉아서 계속, 계속, 계속 생각해 봤지. 부모님은 왜 나를 거기에 내버려뒀을까? 진짜 채수호는 기적적으로 나았으니까, 복제품이 더는 필요하지 않아서? 사 년이 지나고서야 채수호가 죽어서 다시 만들려는데, 2038년 이후로는 기억을 저장해 두지 않아서? 아니면, 막상 만들어 놓고 보니 복제품으로는 딸의 빈자리를 대신할 수 없어서?"

목소리가 파도치듯 다가왔다. 선율은 심장이 갑갑해지는 것을 느끼며 침을 꿀꺽 삼켰다. 그 사 년 사이의 일은 물에 잠겨서 분간할 수조차 없게 되어 버렸다는 것을 아는데도, 심지어 그건 자신 앞에 있는 수호의 기억조차 아닐 텐데도 그랬다.

"내기에 나갈게. 그러니까 너도, 내 사 년을 찾아 줘."

이윽고 선율은 자신이 플라스틱 큐브에서 꺼내 온 것이 무엇이었는지를 깨달았다. 그건 내기 물품이 아니라, 멀쩡하게 움직이는 기계 인간이 아니라, 아직 오지 않은 과거였다.

사라진 시간들

작업실은 산 정상의 평지에 선 목조 건물이었다. 원래는 휴게실이었는데, 피난 온 사람들이 모여들면서 자연스럽게 용도가 변했다고 했다. 한때는 여럿이 여기에 모여 자기도 했지만 대부분이 떠난 지금은 삼촌의 숙소 겸 창고로 쓰이고 있었다.

십오 년 전에, 남들이 단순히 먹고 자는 문제를 걱정하는 동안 삼촌은 누구도 눈여겨보지 않던 것들을 악착같이 긁어모았다. 비상용 발전기. 모터. 태양광판. 아크 용접봉. 저항이니 콘덴서니 하는 부품들. 그게 다 무슨 소용이냐는 이야기를 수없이 들었지만 시간이 흐르면서 상황이 변했다.

그 덕분에 노고산 작업실은 다른 산에서까지 수리 의뢰를 받을 만큼 유명했다. 당연히 삼촌은 구하기 어려운 기계들을 많이 가지고 있었고, 내비게이션도 그중 하나였다. 수호가 말한 건물을 찾아내려면 그게 필요했다.

"그래서, 예전에 살던 집에 같이 가 보기로 했어요."

선율은 수호와 함께 작업실로 돌아갔고, 물가에서 오간 대화를 털어놓았다. 수호가 노고산 내기에 물품으로 나가기로 했다는 것. 그 대신 선율은 수호를 바다 밑으로 데려다줘야 한다는 것. 십구 년 전의 채수호가 있던 곳으로. 그건 둘의 약속이었다. 이야기를 모두 들은 삼촌은 난처한 듯 되물었다.

"남은 게 있을 거라고 생각하는 거야?"

"혹시 모르잖아요. 닫혀 있던 곳들은 의외로 멀쩡하기도 하고요."

"괜히 위험한 일을 벌이는게 아닌가 걱정스러워서 그래."

"항상 하던 일 하는 건데 위험할 게 뭐가 있어요."

"벌써 십오 년이나 지났는데, 뭐라도 남긴 했을까?"

"그래도 혹시 모르니까 가 보자는 거죠. 겸사겸사 괜찮은 거 있으면 주워 오고요."

대화가 몇 차례 오간 끝에 삼촌이 승복했다. 삼촌은 내비게이션을 꺼내 온 다음 수호가 말한 장소를 화면에 표시했다. 선율은 산을 가리키면서 설명을 늘어놓았다.

"아파트는 공동 구역에 있으니까 얼마든지 들를 수 있어. 참, 아까 병원 이야기도 했지. 세강서울병원이었나……. 만약 거기까지 갈 거라면, 대모산 사람들한테 따로 말을 해야 할 거야. 허락해 줄지는 모르겠지만. 물꾼들은 자기네 구역 들어오는 걸 엄청 싫어하거든."

"그러면 일단 집부터 보고 싶어. 병원은, 만약 재발했으면 거기에 입원해 있겠지만……."

"원래 몸은 이미 죽은 거 아니야? 살아 있으면 기계로 만들지도 않을 거잖아."

지오가 끼어들었다. 선율은 또 시작이구나, 생각하면서 미간을 좁혔다. 사실이기만 하면 뭐든 말해도 되는 줄 아는 게 녀석의 제일 큰 단점이었다. 주위 사람들까지 곤란하게 만드니 짜증스러울 때도 있었다. 선율은 수호에게 대신 사과한 다음 지오에게 쏘아붙였다.

"너 저번에 우찬이 앞에서 그런 식으로 이야기하다가 한 대 맞지 않았어? 유안 언니 일로."

"아니, 뭐, 그 형도 나 원래 이러는 거 아는데. 그리고 누나 죽은 건 사실이잖아."

사실이라고 해서 모두 말할 필요는 없다는 걸 언제 이해할까. 선율은 삼촌과 시선을 교환하고서 수호를 바라보았다. 묘한 얼굴로 눈을 깜박이고 있었다.

"미안, 얘가 좀 이상해서. 나쁜 애는 아니긴 한데 자주 이래."

수호는 밝게 웃더니 괜찮다는 듯 손을 내저었다. 분위기가 너무 갑자기 바뀐 탓에, 괜찮은 척하는 데 이골이 난 사람이 가짜 표정을 짓는 것처럼 보였다.

"아주 틀린 말도 아닌데, 뭐. 나도 똑같은 생각을 하고 있었거든. 아까 말했잖아, 사 년 동안 어떤 일이 있었을지 궁금하다는 거. 죽지도 않았는데 나를 미리 만들어 뒀을 가능성은 낮을 것 같아. 그래서 고민해 본 건데……."

수호는 거기까지 말하고서는 왼손으로 머리카락을 묶듯이 모아 쥐었다. 목덜미 뒤편에 작은 홈이 보였다. 뚜껑인 것 같았다.

"검사를 받은 날부터 회사 홈페이지에 들어가서 사용 설명서를 읽었어. 내가 어떻게 변할까 궁금해서. 주민 등록 번호 대신 기기 일련 번호를 받고, 태어난 날 대신 제조 일자를 기억하는 게 어떤 느낌인지 알고 싶어서."

모니터에 연결하면 기기 정보를 확인할 수 있고, 커넥터는 큐브에 같이 들어 있다고 했다. 제조일자를 알면 자신이 언제 죽었는지 추측할 수 있을 거라고도. 삼촌은 내키지 않는 태도로 두루마리처럼 말리는 모니터를 꺼내 탁자에 펼쳤다. 커넥터는 지오의 주머니에 있었다.

"꽂기만 하면 돼?"

"응, 아마 내 전력을 쓰게 될 거야."

기기를 연결하자 모니터에 전원이 들어오면서 빨간 얼굴 모양의 로고가 떠올랐다. 물에 염료가 퍼져 나가는 듯한 이미지가 그 뒤를 잇더니 유려한 시스템 인터페이스가 나타났다. 팸플릿에서 보았던 단어와 함께였다.

"아이콘트롤스 통합 관리 시스템."

수호가 모니터 상단의 문구를 또박또박 읽었다. 메뉴는 네 개였다. 기기 상태 확인, 디스크 불량 검사, 기억 읽어 들이기, 기술적 지원. 연결된 상태에서도 움직일 수 있는 모양인지, 수호는 팔을 뻗어 모니터를 가볍게 두드렸다. 유리알이 부딪히는 듯한 소리와 함께 화면이 넘어갔다.

기기 상태창은 배터리 잔량과 고장 난 부분 등을 체크리스트 형태로 표시했다. 배터리 잔량은 약 삼 개월이고, 신체에는 별다른 이상이 없지만 주기적인 점검을 권장한다는 진단이 나왔다. 점검 예약 버튼을 누르자 통신망에 연결되지 않음 팝업이 나타났다. 수호는 창을 닫고서는 기기 일련번호가 나올 때까지 스크롤을 쭉 내렸다. 가장 아래에 있었다.

"2042-04-EB-02. 2038년부터 버려져 있었던 건 아닌 것 같고, 2042년 4월이 제조일자라고 치면……. 서울이 이렇게 된 게 정확히 언제였죠?"

"딱 그때쯤이었을 거야."

"2042년에 기기가 만들어졌는데, 기억은 2038년 걸 썼다는 얘기네요."

떠오르는 가능성은 크게 세 가지였다. 첫째, 병세가 호전되는 듯 보이다가 갑자기 죽고 말아서, 그 사이의 기억은 미처 옮기지 못했다. 둘째, 2038년에 죽었지만 마음을 정리하느라 긴 공백이 생겼다. 그리고 셋째, 수호 스스로가 알면 안 될 사건이 일어났다. 그래서 일부러 이전 버전을 꺼내 왔다는 것.

하지만 지금으로서는 아무 단서가 없었다. 수호는 다른 정보가 있나 상태창을 마저 살피다 모니터를 오른편으로 쓸어 넘겼다. 메뉴 탭이 디스크 불량 검사로 바뀌더니 한 칸이 더 넘어갔다. 기억 읽어 들이기였다.

기억 디스크 정리를 권장합니다.

단말의 기억에는 아무런 영향을 미치지 않으며,

30분가량 소요됩니다.

정리하시겠습니까?

> 예

> 아니오

> 도움말

세 번째 선택지를 고르자 알림창이 화면 전체로 넓어졌다. 렌즈와 마이크에 들어온 정보를 영상으로 만들어 저장하는 방식인데, 처음 구동할 때에는 영상 기록 대신 인공 뇌를 구성할 때 만들어진 더미 파일이 나타나게 된다고 했다. 공간을 절약하려면 초기화가 필요하다고.

이전 화면으로 돌아온 수호는 잠깐 고민하다가 아니오, 를 눌렀다. 기억 목록에는 영어와 숫자가 무작위로 배합된 제목들이 페이지를 넘겨 가며 끝없이 이어지고 있었다. 용량도, 길이도 제각각인 파일들이었다. 지오가 관심을 보이며 끼어들었다.

"이거, 열어 볼 수 있는 거야?"

"그렇지 않을까?"

수호의 반문에 지오가 허락을 구하듯 삼촌을 바라보았다. 삼촌은 고개를 설레설레 저었다. 자신에게 물을 문제가 아니라는 투였다. 그제야 지오는 수호에게로 시선을 옮겼다.

"보여 달라고?"

"응, 아무거나. 사람이 기억을 떠올리는 거랑 기계에서 영상을 재생하는 건 다른 일이잖아. 기억에는 생각도 섞여 있을 테고, 시간이 지나면서 흐려지는 부분도 있으니까. 그래서, 기억을 재생하면 어떻게 되나 해서."

선율은 전선을 연결한 게 수호가 아니라 자신이었더라면 어땠을까 생각해 보았다. 남들 앞에서, 모니터를 향해 삶의 일부가 흘러 나가도록 내버려 두는 게 달가운 일일 것 같지는 않았다. 아무거나 보여 달라고? 파일에 어떤 기억이 담겨 있을 줄 알고?

"수호야, 하기 싫으면 안 해도 돼. 재는 그냥 궁금해서 찔러 보는 거야."

선율이 끼어들자마자 지오의 얼굴이 금방 실망으로 뒤덮였다. 수호는 둘을 번갈아 바라보다가 가벼운 웃음을 터뜨렸다.

"중요한 기억도 없는 걸, 뭐. 어차피 나도 궁금하긴 하니까……."

수호는 스크롤을 위로 올렸다. 1분 30초짜리 영상이 목록 최상단에 놓여 있었다. 검지로 두 번, 가볍게 파일 이름을 두드리자 아주머니의 얼굴이 화면 정중앙에 떠올랐다. 눈매가 서글서글해 보이는 사람이었다. 환자복을 입은 채 병원 침대에 걸터앉아 있었다.

그 옆의 협탁에 놋쇠 고양이가 놓인 게 보였다. 선율도 아는 물건이었다. 예전에는 사람들이 일부러 그런 장식품을 곁에 뒀다고 했다. 복을 불러오려고. 혹은 소원을 이루고 싶어서. 아마도 병이 낫기를 빌었겠지. 그걸 제외하면 화면의 다른 부분은 노이즈로 자글거렸다. 주의를 기울이지 않은 부분은 기억에서 지워진 모양이었다.

잡음 섞인 목소리가 스피커를 울렸다.

—아이고, 머리를 빡빡 깎고 왔네. 수술인가 검사인가 그거 때문이니?

—네. 저번에 말씀드린 그거요.

대답이 들렸지만 모니터에는 수호의 모습이 없었다. 사람이

자기 자신을 볼 수는 없으니까.

— 싫다고 한참을 투덜거리더니 결국 하는구나.

— 저야 마음엔 안 드는데, 뭐, 엄마 아빠가 그러고 싶으시다는데 어쩌겠어요. 항상 자기 하고 싶은 거 하면서 사시는 분들인데. 저야 기분 좀 나쁘고 마는 거죠.

— 부모님 마음 알잖니.

— 그래도 죽을 날짜 받아 놓은 것처럼 그러니까…….

어조가 갑자기 밝아졌다.

— 그게 차라리 낫겠는데요. 진짜요.

— 에구, 그런 생각 하지 말고 나아야지. 살 날도 많은 나이인데.

— 사람이 어디 나이 순서대로 죽나요? 몇 살이든 간에 죽을 때 되면 죽는 거지.

화면이 빙글 돌며 병실의 다른 곳을 비췄다. 2인실인 듯 침상이 병실 양측 벽에 붙었고, 허리 높이까지 오는 심부름용 로봇이 방 중앙에 멈춰 있었다. 그러다가 다시 아주머니의 얼굴이 보였다.

— 아, 맞다. 그나저나 경이 삼촌, 요즘 뭐 있어요? 표정이 안 좋던데. 물어봐도 별 말도 안 하고.

— 그 애 표정이 언제는 좋았니.

아주머니가 밝은 웃음을 터뜨렸다. 비쩍 마른 몸에서 나왔다기에는 이상하게도 경쾌한 소리였다.

— 그나저나, 너 아직도 걔를 그렇게 부르는구나. 대학도 졸업 안 한 애한테 무슨 삼촌이야. 이제 좀 친해지지 않았어?

— 오빠라고 부르면 닭살 돋잖아요. 그렇다고 아저씨라고 할 수도 없고.

— 얘는. 여섯 살 차이면 삼촌보다는 오빠지.

— 아무튼, 삼촌도 가끔 보면 저보다 더 환자 같다니까요. 저보다 더 환자일 수가 있나? 그건 모르겠는데. 아무튼요.

수호는 원래 주제로 돌아갔다. 어떻게 살아 있는 딸한테 복제품을 만들겠다는 이야기를 꺼내냐는 거였다. 아니, 정말, 제가 조만간 죽을 거라고 믿으니까 그러는 거 아니에요?

— 이해는 하는데, 안 그랬으면 좋겠어요. 이렇게 병원 신세 지는 건, 그래, 저 잘 되라고 그러는 거 맞아요. 그런데 저랑 똑같은 기계 인간을 만들어서 데리고 다니겠다. 이거는 부모님이 좋지 제가 좋은 게 아니잖아요. 전 하나도 안 좋다고요. 그게 기분이 나빠서…….

거기에서 영상이 툭 끊겼다. 지오는 난처한 표정으로 화면을 바라보고 있었다. 아무리 눈치가 없어도 보면 안 될 걸 봤다는 느낌만큼은 있는 듯했다. 삼촌도 얼굴을 굳히고 있기는 마찬가지였다. 선율은 할 말을 찾지 못한 채 머리를 긁적였다. 낭패였다.

하지만 수호는 딱히 신경 쓸 것도 없다는 듯 마지막 메뉴를 살피고 있었다. 손끝으로 기술적 지원,을 더듬어 가는 모습이 이상하게도 태연해 보였다. 지오가 거기에 용기를 냈는지 입을 열었다.

"그, 미안. 이런 기억은 보여 주기 싫었을 텐데."

"싫을 건 없어. 괜찮으니까 안 멈추고 계속 본 거야."

"정말로 괜찮아?"

"부모님이 자기네 맘대로 하려는 게 기분 나빠서, 그래서 저런 말을 한 거야. 기계 인간이 생겨나는 게 싫어서가 아니라. 만약 싫었다면 또 어때? 난 그거 때문에 고민하는 게 더 싫은데."

선율은 그 대답을 곱씹었다. 여기에서 사람 채수호와, 파일이 된 채수호의 기억과, 배터리를 달고 움직이는 채수호의 차이를 깊이 받아들이지 않는 것은 수호 자신뿐인 듯했다. 그것으로 충분한가, 더 물어야 할 게 있지 않나 싶으면서도 기계 인간 수호의 남은 삶에 있어서는 그게 바로 정답인 것 같았다. 기분 나쁜 복제품이 된 채 우울에 잠기기보다는. 과거에 얽매인 채 뭐가 진짜 자신인지 하염없이 묻기보다는.

눈이 마주치자 수호의 입꼬리가 살짝 올라갔다. 장난기 어린 곡선은 자신은 그냥 여기에 있다고, 그러니까 불쌍하게 여길 필요는 없다고 말하는 것 같았다. 아까 받았던 인상처럼, 태연한 척하려 애쓰는 건지도 몰랐지만 선율은 그 웃음이 좋았다.

*

남은 이야기를 마친 뒤, 지오는 작업실에 남아 일을 돕기로 했다. 삼촌이 떠난 사이에 수리를 부탁받은 물건들이 몇 개 있었다. 수호와 선율이 밖으로 나왔을 때는 벌써 밤이었다. 둘은 산 중턱으로 내려가는 길을 밟았다. 나무 그림자가 쭉 벌어진 입처럼 오두막을 담고 있었다.

"우리는 보통 오두막에서 자. 저쪽에 해먹도 걸어 놨으니까 나가서 잘 수도 있고. 편한 대로 하면 돼. 잠수하는 법은 내일부터 가르쳐 줄게. 밤에는 물에 들어가면 위험하거든."

"잘 거야?"

"해도 졌는데 어쩔 수 없잖아."

당연한 걸 왜 묻나, 싶어 던진 질문이었다. 선율은 말을 마치자마자 곧바로 속뜻을 깨달았다. 수호는 기계니까 잘 필요도 없고 밤에도 훤히 볼 수 있을 터였다.

"참, 넌 잘 필요가 없나? 그러면 작업실에 가 있는 게 낫겠다. 거기 책이 몇 권 있거든. 모두 물에 흠뻑 젖었던 거라 엉망이긴 한데, 시간을 때우려면……."

"아니, 궁금한 게 있어서 그래."

수호는 노고산 소개를 듣고 싶다고 했다. 서울이 왜 이렇게 됐는지는 알겠지만, 그래서 사람들이 어떻게 살아가는지는 아직 의문이라고. 어차피 당분간은 노고산에서 지낼 테니까, 안

내를 해 주면 고마울 것 같다고.

"중요한 건 아니니까, 졸리면 내일 해 줘도 돼. 어차피 지금은 늦기도 했고."

피곤하지 않다면 거짓말이었다. 하루 사이에 온갖 일을 겪었으니까. 하지만 고작 졸음 때문에 대화를 미룬다면 미안한 일이라는 생각이 들었다. 잠은 날마다 찾아오지만 수호는 오늘 처음으로 노고산에 왔다. 그러면 잠보다는 손님이 우선이다.

"괜찮아. 오래 걸리지도 않을 텐데."

노고산은 십오 분이면 한 바퀴를 돌 수 있을 만큼 작은 산이었다. 작업실 약간 밑에는 오두막이 있고, 좀 더 아래로 가면 밭이 있었다. 밭에 심긴 건 콩과 감자뿐이었다. 소금기가 있는 땅에서도 그럭저럭 자라는 데다가 다시 심기도 편했다.

"아까 애들 있잖아, 걔네들이 밭일을 해. 물도 떠 오고."

"바닷물을 그냥 마시는 거야?"

"아니, 그럴 리가. 강원도 사람들이 가끔 헬리콥터로 구호 상자를 떨어뜨려 주거든. 거기 있는 물건 중에 담수화 장치가 있어. 내장 배터리로 작동하는 건데, 물탱크에 넣어서 쓰면 돼. 반년쯤 가고. 그런데 물탱크 채우는 건 직접 해야 하니까……."

"잠깐, 그런 걸 애들한테 시킨다고?"

수호가 놀란 듯 물었다.

"양동이를 들고 왔다 갔다 하는 게 귀찮다뿐이지 어려울 것도 없어. 애들이 기계를 만질 수 있는 건 아니잖아. 삼촌은 수리비로 물고기도 받고 비둘기 알도 받아 오거든. 다른 산에서도 고쳐 달라면서 찾아와."

"나머지 어른들은?"

"예전에 다른 곳으로 갔어."

"애들을 다 버리고 간 거야? 그래도 돼?"

"아니, 저 애들은 여기가 더 좋으니까 여기 남은 거야. 삼촌이 좋아서든, 내가 좋아서든, 지오가 좋아서든 간에. 노고산에 있는 게 남산에서 사는 것보다 더 좋으니까. 당연히 지금이라도 남산에 가고 싶다면 그럴 수 있어. 구룡산에 갈 수도 있고."

"부모님들한테 허락은 받았고?"

선율은 문득 수호와 자신 사이의 거리를 느꼈다. 그건 예전을 기억하는 사람과 그 이후만을 살아온 사람의 차이였다. 지금의 서울은 뭐가 있어야 한다,고 말하기에는 너무 많은 것을 잃어버렸다. 남편이 없는 아내. 아내가 없는 남편. 아이가 없는 부부. 부모가 없는 아이. 어느 하나 이상한 일이 아니었다.

이윽고 사람들은 만약 이상한 게 있다면 바로 그런 말 자체일 거라고 생각하기 시작했다. 사람을 사람 한 명으로 내버려 두지 않는 낱말들 말이다. 부모님이 그랬고 남편이 그랬고 아들이 그랬다. 낱말들은 청소기와 자동차가 그랬던 것처럼 물에 잠겼으며 어느 물꾼도 서울 밑바닥에서 그것을 건져 오지 않왔다.

그 사실을 설명하자 수호의 눈이 동그래졌다. 그러면 반대로, 애 키우는 게 버겁거나 귀찮아지면 버리고 갈 수도 있다는 거야? 아무도 신경 쓰지 않으니까?

선율은 귀찮을 것도, 버릴 것도 없다고 답했다. 누가 누구의 밑에서 자라느냐는 중요한 문제가 아니었다. 나이가 많은 사람과 어린 사람이, 그리고 산의 이름이 있을 뿐이었다. 그 느슨하면서도 끈끈한 그물 속에서 사람들은 모두의 삶을 함께 만들어 나갔다. 수호는 낯선 세상을 씹어 삼키기 어려운지 눈을 몇 차례 깜박였다.

"애들은 여기 있는 게 좋아서 남았다고 해도…… 보고 싶으면 어떻게 해? 다른 산에 있는 사람이 보고 싶어질 때도 있을 거잖아."

"그러면 가서 만나면 되지."

"다른 구역에 들르면 안 되는 거 아니었어?"

"바닷속에만 안 들어가면 돼. 집에 놀러가는 거랑 도둑질은 다르잖아. 어차피 우찬이도 심심하면 여기 온다고."

우찬의 이름을 입 밖에 내자마자 들러야 할 곳이 하나 더 떠올랐다. 주능선을 따라 올라가다가 샛길로 꺾으면 작은 공터에 갈대가 무성하게 자란 모습을 볼 수 있었다. 길고 가는 잎사귀가 바람을 맞아 출렁이는 모습을 볼 때면 바다 한복판에 잠겨 있는 기분이 들었다.

거기에는 유안이 잠들어 있었다. 육 년 전부터였다.

"참, 어른이 한 명 더 있긴 해. 만나 볼래?"

"밤에 찾아가도 괜찮을까?"

"정말로 살아 있는 사람은 아니고, 무덤이야. 가면서 설명해 줄게. 네가 해 준 이야기랑도 조금 비슷하니까……."

만난 지 하루밖에 안 된 애한테 이런 이야기를 꺼내는 건 이상한 일일지도 몰랐다. 하지만 수호는 기억을 선뜻 보여 주었다. 선율은 자신이 수호를 알게 된 만큼 수호도 노고산을 이해해 주길 바랐다. 어른들이 왜 떠났는지, 우찬은 왜 삼촌을 싫어하는지, 아이들은 왜 여기에 남았는지 하는 것들을. 그런 주제에 한 발짝 다가가려면 먼저 유안의 이름을 징검돌로 삼아야 했다.

"여럿이 모이면 제일 눈에 띄는 사람이 한둘씩 생기잖아. 노고산에서는 삼촌이랑 유안 언니가 그랬어. 물꾼이었지. 우찬이랑 나한테 헤엄치는 법도 알려 줬고, 남이랑 싸우지도 않고. 그래서 다들 언니를 좋아했어."

선율은 유안을 말수가 적고 생각이 많은 사람으로 기억했다. 남들과 어울리기보다는 바닷속을 떠도는 걸 더 좋아했고 서울에 다녀온 다음이면 한참 동안 물가에 앉아 있었다. 수평선을 바라보는 눈은 이상하리만치 텅 비어 있어서, 사람이라기보다는 색깔 있는 그림자처럼 보일 때도 있었다.

그래서인지 언니가 물에 빠진 날 선율은 놀라지 않았다. 정확히 말하면, 그건 빠진 게 아니라 서울로 내려간 거였다. 언니를 발견한 우찬이 뭍으로 옮겼지만 너무 늦었다. 유안은 보름을 내리 앓다가 죽었고, 원래 살던 곳에 뉘여 달라는 유언을 남겼다. 서울 어딘가의 빌라에.

그때 노고산 어른들은 사람을 바닷속에 두는 게 나쁜 일이라고 믿었다. 혹은 주검을 배에 싣고서 그 멀리까지 갈 엄두가 나지 않았는지도 몰랐다. 가뜩이나 더운 날씨였으니까. 이유가 어쨌든 간에 결국 유안은 갈대 너머에서 쉬게 되었다.

“여기야.”

갈대가 어둠 속에서 흔들리고 있었다. 잎사귀 색은 부드럽고 얇았고, 종이나 손수건 따위가 타들어 가면서 만들어 내는 것과 같은 잿빛을 띠었다. 그 안으로 손을 밀어 넣으면 그대로 흩어지기라도 할 것처럼.

밤에는 모든 게 어두워지고 낯설어지고 멀어진다. 낮에 없던 게 나타나기도 하고 그 반대가 되기도 한다. 그래서 선율은 밤에 깨어 있는 건 물에 잠긴 서울을 헤매는 것과 비슷한 일이 아닐까 생각한 적이 있었다. 무심코 지나쳤던 것들을, 잊힌 것들을 건져 낼 수 있으니까.

“우찬이가 여기 자주 와. 동생이었거든. 그러니까, 나이가 어려서 동생인 게 아니라 말 그대로 동생이었다는 얘기야. 우찬이가 삼촌을 싫어하는 것도, 내 공기탱크를 가져가려는 것도 그래서고. 원래는 유안 언니 거라서."

물에 빠져서 죽을 사람이라면, 건져 내도 기침만 터뜨리다가 하루이틀 안에 숨이 끊어졌다. 폐에 물이 들어가면 그렇게 됐다. 하지만 유안은 보름을 더 앓았다. 심한 몸살이었으니 살아날 가망이 있는 셈이었다. 우찬은 거기에 기대를 걸고 몇날 며칠을 서울에 내려가 약을 긁어모았다. 어디에 쓰는 것이든 간에, 포장이 멀쩡하다면 모두.

결국엔 우찬도 몸살이 났다. 이틀을 꼬박 자다가 깨어난 우찬은 옆에 있던 선율에게 심부름을 시켰다. 유안이 어떤지 보고 와 달라고. 약은 잘 먹고 있냐고. 그때 유안은 삼촌의 작업실에서 간병을 받고 있었다.

"작업실에 들어가는데 둘 다 눈치를 못 채더라. 문간에서, 무슨 얘기를 하고 있는지 들어 봤지. 분위기가 심각해 보여서."

선율은 그때 본 것들을 모두 기억에 담아 두고 있었다. 눈부실 정도로 밝은 별과, 탁 트인 군청색 밤하늘과, 작업실을 메운 후끈하고 둔한 어둠을. 그리고 작업실 한구석에 쌓여 있는 약 무더기를. 유안은 삼촌에게 고맙다고 말했다. 억지로 약을 먹이지 않아서, 자신의 이야기를 아픈 사람이 늘어놓는 헛소리로 듣지 않아서, 그저 죽게 내버려둬서 고맙다고.

열한 살은 삶이 필요하지 않은 사람들을 이해하기에는 너무 어린 나이였다. 선율은 들키지 않도록 조심스레 작업실을 나선 뒤 한참이나 물가에 앉아 있었다. 이걸 우찬에게 어떻게 설명해야 할까 궁리하면서.

간간이 밀려오며 발등을 덮는 잔파도에는 질문도 하나씩 실려 있었다. 삼촌은 대체 왜 그랬을까, 삼촌이 약을 하나도 안 주는데 유안 언니는 왜 고마워할까, 하고. 답은 떠오르지 않았고 유안은 그날 밤을 넘기지 못하고 죽었다. 선율은 어쩔까 고민하다가 우찬에게 사실대로 말했다.

"우찬이 가서 보고는 진짜라는 걸 알게 된 거야. 난리가 났지."

사람들은 우찬을 이해했지만 삼촌을 탓하진 않았다. 그들은 유안의 마음까지도 알았다. 망가진 기계를 고치듯 잘못된 부분을 풀어 해결할 수 있는 문제가 있다면 그 반대도 있다. 어떤 문제는 누구의 잘못도 없이 생겨나고, 그 상태로 거기에 남는다.

우찬과 삼촌과 유안의 일도 그랬다. 삼촌은 그건 사고가 아니라 자살 시도였다고, 약을 먹지 않은 건 오로지 유안의 뜻이었다고 우찬을 설득할 수도 있었지만 그저 침묵했다. 부탁 때문에 그랬을지라도 죄책감은 남았을 것이다. 반면 우찬은 삼촌을 용서하지 못했다. 혹은 유안이 그만큼이나 삶을 싫어했다는 사실을 받아들이지 않았다.

"분위기가 안 좋아졌지. 한 명씩 다른 산으로 갔어. 누구는 갈대를 볼 때마다 언니 생각이 나서 못 있겠다고 하고, 누구는 분위기를 못 견디겠다고 가고, 누구는 그냥 남들을 따라서 간 거야. 그래서 우리만 남게 된 거고. 원래는 애들도 더 많았어."

"넌 왜 안 갔어?"

수호의 질문에 선율은 일부러 실없는 웃음을 지었다. 사실 떠날 생각은 여러 번 했다. 노고산은 작은 데다 기르는 비둘기도 없고 낚싯대도 적으니까. 구호품도 한 상자씩밖에는 안 떨어지니까.

하지만 다른 곳으로 가려 하면 삼촌 생각에 번번이 발목을 잡혔다.

"삼촌한테 미안한 거지. 내가 가만히 있었으면 이런 일은 없었을 테니까."

"네 잘못은 아닌 것 같은데. 사람들도 이해해 줬으니까, 삼촌이 설명만 잘 했으면……."

거기까지 말한 수호는 생각났다는 듯 주제를 돌렸다.

"맞다, 혹시 삼촌이 예전 이야기 안 하는 건 그 일 때문이야?"

"아니, 그건 원래 그랬어. 산에 올라온 첫날부터 그랬대. 그래서 처음에는 이상한 사람 취급을 받았다던데, 잘은 모르겠어. 이름이 서문경이라는 것만 겨우 알아. 삼촌은 안 좋아하긴 하는데."

"서문경?"

"성이 서문에 이름이 경이래. 어른들이 그러는데 이런 성씨는 별로 없다더라."

선율은 그게 어머니 쪽의 성씨라는 이야기를 덧붙였다. 예전에, 어른들끼리 모여 떠들 때 누군가가 이런 말을 건넸던 것이다. 성씨가 특이하니 가족 찾기는 쉽겠다고. 삼촌은 그렇지만도 않다고 답했다. 외동인 데다가 아버지는 처음부터 모르고 살았다는 것이었다. 어머니는 이 꼴이 나기 전에 돌아가셨으니 그것만큼은 다행이라고도.

"그게 다야. 이건 내 생각인데, 삼촌이 자기 이름 안 좋아하는 데에는 사람들이 성씨 가지고 맨날 똑같은 소리만 해 대니까 짜증이 나서 그런 것도 좀 있을 걸. 하긴 서문이라는 성씨가 흔한 건 아니지만……."

수호는 그 이름을 입속에서 굴려 보았다. 유안과 우찬의 이야기가 낯설지 않은 만큼, 서문경이라는 이름까지도 수호에게는 익숙했다.

*

수호는 자신의 삶이 어땠는지 이야기할 수 없었지만 세강서울병원 암전문센터에 환자로 입원하는 게 어떤 일인지는 한참을 떠들 수 있었다. 점심 회진마다 항생제를 두 통씩 맞았고, 일주일에 한 번은 방사선 치료를 받았으며, 손을 가슴 위로 오래 올리고 있으면 카테터를 따라 수액으로까지 피가 역류했다. 심부름용 로봇은 2인실마다 하나가 놓여 있었지만 쓸 일은 많지 않았다. 기껏해야 간호사를 호출해 달라고 말을 거는 정도였다. 팔도 짧은 로봇에게 부탁을 할 바에는 옆 침대의 간병인을 부르는 게 더 쉽고 편했다.

암전문센터의 입원 기간은 대개 몇 달을 훌쩍 넘겼기 때문에 같은 병실을 쓰는 사람끼리는 유별난 유대감을 느낄 수 있었다. 같은 병실을 쓰는 사람은 단지 두 명의 환자만을 뜻하지 않았다. 병실을 드나드는 가족과 간병인들은 맞은편 침대에 누운 사람이 오래전에 헤어진 가족이라도 되는 것처럼 굴었다. 그들은 병원의 처우나 새로운 시술에 대한 이야기를 나누면서 빠르게 친해졌으며 진심으로 서로의 완쾌를 빌어 주었다.

비슷한 고통 근처를 맴돌고 있다는 이유만으로도 낯선 사람에게 그렇게나 살가울 수 있다니 이상한 일이었다. 하지만 싫지는 않았다. 사실 언짢은 건 맞은편의 환자가 아니라 문병객들이었다. 거추장스럽지 않은 일상 속에서 굳이 고통을 짚어내는 사람들 말이다.

그래서 수호는 언제나, 웃음 아래에 똑같은 질문을 감췄다. 아직 어린데 이렇게 병원에만 갇혀 있다면, 병상에 앉아 온라인 강의를 듣고 과제를 하는 게 안타깝거나 대견한 일이라면, 그래서 어쩌란 걸까? 남이 어떻게 느끼든 간에 나는 이 병실에서 벗어날 수 없을 텐데?

암전문센터에 오래도록 입원하는 환자는 모두 무언가를 기다렸다. 임종이건, 수술 날짜건, 둘 다건. 수호는 수술을 기다리는 쪽이었지만 죽을 날짜를 기다리게 될 가능성 역시 빼놓지 않았다.

시작은 열두 살이었다. 달릴 때 다리가 아파서 병원에 갔더니 성장통일 수 있다는 진단이 나왔다. 병원 몇 개를 더 오간 다음에야 허벅지 뼈에 골육종이 생겼다는 말을 들을 수 있었다. 뼈를 티타늄으로 대체한 다음에는 평소의 삶으로 돌아갈 수 있으리라는 기대를 품던 시절이었다.

수호는 그 시기를 떠올릴 때마다 어설픈 터키식 아이스크림 장수를 연상하곤 했다. 손님에게 아이스크림을 건네 줄 듯, 말 듯 장난을 치다가 그만 땅에 떨어뜨려서 장사를 망치고 마는 그런 사람 말이다. 배경이 놀이공원이었더라면, 단지 아이스크림을 사기 위해 삼천 원을 내밀었을 뿐이라면, 귀여운 해프닝으로 넘어갈 수 있었겠지만 여기는 세강서울병원 암전문센터였으며 엎어진 건 수호의 세계였다.

인공 뼈를 끼워 넣고 재활 훈련을 거쳐 예전처럼 걸을 수 있게 되자마자 꼬리뼈 밑이 시큰거리기 시작했다. 설마 설마 하면서 진료를 받았더니 골육종이 골반으로 옮겨 갔다는 이야기가 나왔다. 골반뼈는 바로 갈아 끼우기 어려우니 방사선 치료로 효과를 보자고 했다. 차도가 있는 것 같다가도 결국엔 3D 모델을 눈앞에 둬야 했다. 계속 그런 식이었다. 허벅지였다가, 골반이었다가, 척추였다가.

지겹다 못해 끝내 덤덤해졌다. 이렇게 살다 끝나려나 보지, 하고.

"좌표공간의 구 $x^2+y^2+z^2=4$ 위에서 움직이는 두 점이 평면 $y=4$에 내린 수선의 발을 각각 P_1, Q_1이라 하고……. 또 집중 안 하고 있지?"

"듣고 있거든요."

"말하니까 들리긴 하겠지. 듣고만 있으니까 문제 아니냐."

"이해도 하거든요."

"재미없어하는 게 눈에 보이는데 꼭 진도를 나가야 하나 싶어서 그래. 솔직히 이럴 필요가 없지 않냐. 내가 너였으면 하루 종일 영화나 보고 게임이나 했을 텐데."

순간 맞은편 침대에서 핀잔이 훅 넘어왔다. 희 아주머니였다.

"얘는, 그게 공부해 보겠다는 애한테 할 소리니?"

열여덟 살의 수호가 다섯 번째로 장기 입원을 했을 때 맞은편 침대에는 희 아주머니가 있었다. 아직 어린데 어쩌다가, 로 시작된 통성명은 서로의 입원 경력을 읊으면서 끝났다. 희는 먼 예전에 양성 종양을 한 번 떼어 낸 이후로는 몸에 칼을 대어 본 적이 없는 사람이었다. 난데없이, 이 나이에 간 때문에 배를 째게 생겼다며 희는 너스레를 떨었다. 입원 경력으로 따지면 수호가 까마득한 선배인 셈이었다.

희 아주머니가 수호의 이력에 놀라는 동안 수호는 아주머니의 이름에 놀랐다. 자신처럼 병원을 뻔질나게 들락거리는 사람은 몇 번 보았지만 한국에 그런 성씨가 있는 줄은 몰랐던 것이다. 서문희. 서, 문희도 아니고 서문, 희. 수호는 그게 어쩐지 마음에 들었다. 세상이 조금 더 복잡해지는 느낌이 들어서. 아직 모르는 게 세상에 많은 것 같아서. 병원에만 앉아 있을지라도 세상을 넓혀 갈 공간은 여전히 남아 있는 것 같아서.

그리고 그건 수호가 경과, 그러니까 경이 삼촌과 빠르게 친해진 이유이기도 했다.

"지금 대학 가려고 공부하는 거야, 아니면 뭐라도 배우고 싶어서 하는 거야?"

"차이가 있어요?"

"기하와 벡터 재미가 없다며. 그래서 하는 소리야. 수능 볼 거 아니면 굳이 공부할 필요 없으니까."

"그 핑계로 과외 관두시게요?"

"재밌는 거 하자고. 너 말대로 이상한 그림자 넓이나 구하는 거 말고, 삶에 도움이 되는 거. 전자 공학 석사가 해 주는 전공 강의. 꼭 그런 게 아니어도 뭐든 관심 있는 거."

경을 만난 지 삼 주째가 되자마자 수호는 경에게 과외를 받기 시작했다. 경이 먼저 말을 걸어온 게 아니라면 일어나지 않았을 일이었다. 붙임성이 좋은지, 아니면 자신보다 어린 여자애가 침대에 덩그러니 앉아 있는 게 신기했는지 경은 수호에게 시시때때로 시답잖은 질문을 던지곤 했다. 수호로서도 나쁜 일은 아니었다. 낯선 사람이 바로 앞에서 움직이고 떠드는 모습을 보는 것만으로도 어쩐지 재미있었다.

곧 경이 퉁명스럽긴 해도 괜찮은 사람이라는 걸 알게 되었다. 선이 굵은 얼굴 때문에 험상궂다는 인상을 줬지만 웃을 때면 또 서글서글해 보였다. 겉모습도 행동도 곰 같았다. 털이 북슬북슬한 맹수가 아니라, 만화 영화에 나오는 곰. 둔한 면조차 유쾌하게 느껴지는 사람이었다.

"석사가 아니라 석사 과정생 아니에요? 아직 학위 못 땄잖아요."

"넌 그렇다면 그런 줄 알지 사사건건 질문이냐. 질문을 해도 그런 질문이나 하고……."

경은 수호보다 여섯 살이 많았고 서울의 어느 대학교에서 석사 과정을 밟고 있었다. 거기에 더해 과외까지 맡은 탓에 끔찍하게 바쁘다고 했다. 하지만 경은 그런 와중에도 일주일에 두 번은 꼭 병원에 들러 희 아주머니를, 그러니까 자신의 어머니를 보고 가곤 했다. 평일에 한 번, 주말에 한 번. 아버지는 코빼기도 보이지 않고 경만이 홀로.

나중에 들은 이야기지만 아버지는 원래부터 없었다고 했다. 경이 어머니의 성을 물려받은 것도 그 때문이라는 것이다. 물론 그렇다고 해서 심각한 이야기가 오간 적은 없었다. 와서 멍하니 앉아 있다가 맞은편의 여자애에게 시답잖은 농담들이나 툭툭 던져 댈 뿐이었다.

어차피 경도 할 일이 없다면, 서로가 그런 대화를 마음에 들어 한다면, 과외를 부탁해야겠다는 계산이 섰다. 마침 수술을 마치고서 삼 주째가 되어 침대 각도를 육십 도까지 올릴 수 있게 되기도 했다. 수호의 부모님 또한 과외비에 연연할 사람은 아니었다. 사실 그 정도는 죄책감을 덜어 내는 비용으로는 값싼 편이었다. 수호가 병원 신세를 지게 되고 나서부터 부모님은 부쩍 이렇게 말하기 시작했던 것이다. 어릴 때 한 번이라도 여행을 갔어야 했다고. 바쁘다며 추억을 못 남긴 게 후회가 된다고.

그러니까 과외는 모두에게 좋은 일이었다. 경은 돈을 벌었으며 수호의 부모님은 딸에게 뭔가 해 준다는 느낌을 받을 수 있었다. 수호는 낯선 사람과 오래도록 이야기를 나누는 게 좋았다. 간병인이나 온라인 강의의 강사처럼 역할이 명확히 정해진 상대가 아니라, 랜덤 채팅이나 게임 속의 누군가도 아니라, 서로에게 아무것도 아닌 데다 지금껏 알지도 못했던, 진짜 사람과. 비록 그 사람이 이제는 과외 선생이라는 직함을 뒤집어썼을지라도.

경을 앞에 두면 보이지 않는 얇은 막을 넘어 완전히 다른 차원에 발을 디디는 기분이 들었다. 뒤에 야트막한 산을 두고 있다던 대학은 옷장을 열면 마법의 세계가 펼쳐지는 영화보다도 낯설었다. 어쩌면 그게 병원으로부터 십 킬로미터 정도밖에는 떨어져 있지 않다는 걸 알아서, 하지만 갈 수 없다는 것 역시 알아서 더 그렇게 느꼈는지도 몰랐다.

수호가 그런 속내를 털어놓았을 때 경의 대답은 이랬다.

너 퇴원하고 혼자 걸어 다닐 정도 됐을 때 오면 되잖아. 오면 밥 사 줄게. 못 와?

퇴원하면 가죠. 그러면 가죠…….

그래서 결국 경을 찾아갔을까?

기억은 병원에서 끊겨 있었다. 그 이후의 사 년 동안 무슨 일이 일어났는지 알 수 없었고 서울이 물에 잠긴 십오 년은 더더욱 알 수 없었다. 하지만 선율이 소개해 준 삼촌이 자신을 전혀 알아보지 못하는 걸 보면 어느 시점에서 흐지부지 연이 끊긴 모양이었다. 아니면 전혀 다른 사람이거나. 전혀 다른 사람이거나…….

수호의 머릿속에서 하나이거나 둘일 사람의 모습이 미술학원의 각진 석고상처럼 여러 면이 되어 갈라졌다.

경이 삼촌.

기계를 잘 다루는 노고산 삼촌.

그 삼촌의 이름은 서문경.

서문, 경.

수호는 지금의 서울에 그렇게 나뉘는 이름이 둘씩이나 있을 거라고 생각하지 않았지만 노고산 삼촌이 예전의 경이 삼촌이라고 생각하지도 않았다. 2038년의 서울과 2057년의 서울이 같지 않은 것처럼 스물다섯의 경과 마흔넷의 경도 같지 않을 테니까.

경은 어째서 이렇게나 변한 걸까? 희 아주머니가 돌아가셔서? 서울이 이렇게 돼서? 그런데도 호칭이 여전히 삼촌으로 남은 건 혹시 오래전에 죽은 과외생 때문일까?

수호는 알아봐야 할 것들을 다시 정리해 보았다. 2038년과 2042년 사이의 사 년 동안 어떤 일이 일어났는지. 노고산의 삼촌이 경이 삼촌이라면 왜 아닌 척을 하고 있는지. 삼촌은 스물두 살의, 자신이 알지 못하는 채수호를 기억하고 있는지. 아직은 추측일 뿐이었지만 그 모든 게 어디에선가 맞닿아 있으리라는 생각이 들었다.

고민은 길었다.

선율에게 털어놓기에는 아직 일렀다.

두 개의 바깥

선율은 헤엄을 가르치기 시작하고 얼마 지나지 않아, 수호가 뛰어난 물꾼이 될 것이라는 사실을 깨달았다. 그건 다리 힘이 좋아서도 아니었고 자세 잡는 방법을 빠르게 익혀서도 아니었다. 숨을 쉴 필요가 없었던 것이다.

한동안 혼자서 물밑을 돌아다니던 수호는 뭍에 도착하자마자 여기가 자신이 알던 서울보다 더 좋은 것 같다며 운을 뗐다. 예전에는 수천 수백 년을 걸어도 창밖에 오가는 버스와 택시에 닿을 수 없을 것만 같았다고. 그런데 지금은 모든 게 멈춰 있고, 자신만 움직이는 게 어쩐지 재미있다고 했다.

선율은 수호의 말이 조금 심술궂게 들린다고 생각했지만 무슨 마음인지도 이해가 갔다. 아니, 오히려 그것만으로 만족할 수 있나 궁금했다. 반대로 생각하면 가질 수 있었던 걸 영영 잃어버린 것 아닌가 싶었다. 그렇게 묻자 수호의 뺨에 미소가 떠올랐다.

"물론 하고 싶었던 거 많지. 버스가 물속에 둥둥 떠가는 걸 보기보다는 직접 버스를 타고 과외 선생님을 만나러 가는 게 더 좋았겠지. 전시회도 가 보고 싶었고 새로 나왔다던 가상 현실 영화관도 궁금했어. 하지만 이제는 어쩔 수 없는 거잖아. 어쩔 수 없는 일로 아쉬워할 바에는 그냥, 나도 망했고 다른 사람들도 망했다! 하자는 거야."

"그걸로 충분해?"

"그럴 리가. 단순히 그렇게 끝낼 수 있었으면 사 년 동안 내가 뭘 했는지 궁금해하지도 않았겠지. 겉으로는 이래도, 머릿속에서는 이런저런 생각이 끝없이 이어지는 거야. 예전에 알고 지내던 사람들은 어떻게 됐고 나를 누구로 기억하고 있을까? 그 사람들한테 나는 여전히 채수호일 수 있을까?"

거기까지 말한 수호는 선율을 물끄러미 바라보다가, 물었다.

"그리고 그 사람들은 내가 알던 사람이 맞을까?"

선율은 수호가 바닷속에 잠들어 있던 기간과 자신의 나이가 엇비슷하다는 사실을 떠올렸다. 그 공백이 아득하게만 느껴지더니 한순간에 사소해졌다. 수호와 수호가 알던 사람들 사이에는 스무 해에 가까운 시간이 놓여 있었지만 자신은 바로 어제 수호를 만났으므로 사이에는 어떤 틈도 없었다.

이번에는 선율이 물을 차례였다.

"있지, 그럼 아는 사람은 어때? ……알던 사람이 아니라, 아는 사람. 너랑 나는 이제야 알게 된 거니까, 헤어진 동안 얼마나 변했을까 겁먹지 않아도 되잖아."

"하지만 아직 우리는 서로를 잘 모르는걸. 아는 사람이라기보다는 알아 가는 사람이 아닐까."

선율이 할 말을 찾지 못하는 사이에 수호가 말을 이었다.

"있지, 나는 여기가 싫진 않지만 마음에 들지도 않아. 그래도 일단 궁금한 걸 알기 전까지는 살아 볼 생각이야. 열흘 만에 알아낼 수도 있고 몇 년이 더 걸릴 수도 있겠지. 그러는 동안 네가 어떤 애인지 지금보다는 더 잘 알게 될 테고. 그러니까, 기억을 찾은 다음에는……."

수호는 말끝을 흐리며 선율을 향해 몸을 기울였다. 설명하기 어려운 초조함이 느껴졌다. 선율은 무의식적으로 수호의 손을 붙잡았다. 흠뻑 젖은 옷에서 물이 흐르고 있었다. 녹아내리기 시작한 얼음처럼. 이러다가 부드럽고 단단한 손가락마저 한순간에 물이 되어서 사라지는 게 아닐까 겁이 났다.

"그런 다음에는?"

"어떻게 할까?"

수호는 그렇게 되묻고서는 다시 바다로 뛰어들었다. 그때가 되어서도 자신을 붙잡을 수 있겠느냐고 물으려는 것 같았다. 선율은 주저앉은 채 대화를 곱씹었다. 수호의 말대로, 수호와 자신은 서로를 알아 가는 단계에 있었다. 그것도 가장 앞자락에. 상대가 무엇을 좋아하고 무엇을 싫어하는지조차 모를 정도로.

하지만 선율은 수호가 마음에 들었다. 새까만 머리카락도, 하얀 살갗도, 매끈한 플라스틱으로 만들어진 눈동자도, 삶에서는 한 발짝 떨어진 듯한 태도도, 강세가 거의 느껴지지 않는 목소리도…….

싫지 않았다. 그래서 좋았다. 모든 게 이유를 댈 수 있기는커녕 구체적이지도 않은 감정이었지만, 애초에 사람의 마음에 설명은 필요치 않았다.

선율은 수호에게 좋은 사람이고 싶었다.

*

그날 후로 삼촌과 수호는 다시 만나지 않았다. 일부러 피해 다닌 건 아니었지만 어쩌다 보니 일이 그렇게 됐다. 삼촌이 오두막에서 일할 동안 수호는 바다에만 있었다. 밤이 되어서 선율이 자리를 옮기자고 하면 그냥 물가에 앉아 있겠다고 했다.

그리고 삼촌도 딱히 수호를 찾지 않았기 때문에 둘의 사이란 가물거리는 기억으로 남은 사람을 보는 일 같았다. 저 사람이 내가 알던 그 사람이 맞나, 하고 멈춰 섰다가 붙잡지는 못하고

인파 속으로 사라지도록 내버려 두는 일 말이다.

수호는 그래선 안 된다고 생각했고, 서운함을 느꼈고, 상상도 뻗어 보았다. 서울이 물에 잠기고서 서로를 만난 건 버스 정류장에서 잠깐 마주치는 것과는 다른 일이었다. 게다가 한쪽은 기계가 됐고 기억까지 날아갔는데.

그런데 삼촌이 아는 척하지 않는 이유는 뭘까. 지워진 기억에 말할 수 없을 만큼 나쁜 게 있기 때문인 걸까, 아니면 나랑 비슷한 이유인 걸까.

수호는 거기까지 묻고서는 스스로의 이유를 뒤따라갔다. 몇 가지는 쉽게 댈 수 있었다. 노고산에 머무를지 어쩔지 마음을 정하지 못한 상태였고, 그래서 벌써부터 이야기를 꺼내기에는 미안했다. 부담스럽고 어려운 면도 있었다. 자신이 경이 삼촌과의 거리를 어찌해야 할지 모르는 것처럼 삼촌도 그럴 터였다. 사진첩에 갇힌 순간들이 갑자기 눈앞에 되살아난다면 놀랄 수밖에 없을 테니까.

그래서 수호는 경이 먼저 아는 척하길 바랐다. 가만히 앉아서 남의 용기를 기다리는 게 비겁하다는 건 알았지만 어쩔 수 없었다. 용기가 여유에서 나온다면, 그건 이제 막 깨어난 기계보다는 십 년이 넘는 시간을 여기서 살아온 사람에게 더 넉넉할 것이라고도 생각했다.

결국 수호는 경이 바닷가에 와 보지 않는 게 야속했고, 한편으로는 자신과 친해지고 싶어 하는 애를 옆에 두고 이런 생각을 하는 게 미안해졌다. 거기에는 대뜸 삼촌에게 말을 걸었다가 선율까지 곤란해질지 모른다는 걱정도 조금 섞여 있었다.

수호는 어쩔 수 없이 선율과의 대화가 곤란한 쪽으로 흐를 때마다 물속으로 뛰어들었다. 서울의 멀어진 시간들을 눈에 담으면 튀어나오려는 단어들을 막을 수 있었다.

궁금한 걸 알기 전까지는 살아 볼 생각이야. 열흘 만에 알아낼 수도 있고 몇 년이 더 걸릴 수도 있겠지. 그러는 동안 네가 어떤 애인지 지금보다는 더 잘 알게 될 테고. 그러니까, 기억을 찾은 다음에는…….

어떻게 할까?

*

노고산 아이들에게 수호는 말 그대로 신기한 사람이었다. 선율과 지오가 이상한 상자를 가져오더니 거기에서 갑자기 사람을 꺼냈으니까. 햇볕이라고는 한 번도 받지 않은 것처럼 살갗이 하얘서, 처음에는 바다 속에서 내내 살아왔다고 오해할 정도였다. 기계 인간이라는 설명을 들은 후에도 아이들은 수호가 신기하고 멋지다고 생각했다.

선율과 지오의 태도가 호기심을 키웠다. 엄청난 손님이라도 맞이하는 것처럼, 귀찮게 굴면 안 된다고 엄포를 놓았던 것이다. 함부로 이것저것 물어보는 건 절대 금지라고 했다. 삼촌도 마찬가지였다. 평소라면 다 함께 잘 지내라고 했을 텐데 이번에는 태도가 조금 껄끄러워 보였다.

그늘에 앉아 수다를 떨기에는 그것만으로도 충분했다. 둔지산 내기보다 더 중요한 게 있는 것 같아. 뭔가 비밀이 있을 거야. 나이 많은 사람들만 알 수 있는 게 있나 봐. 삼촌의 작업실에서 엿들은 단어는 이야기를 지어낼 재료가 됐고 선율의 태도는 거기에 묘한 수수께끼를 더했다. 게다가 그런 게 없더라도 수호는 여전히 멋졌다.

"진짜 생선 같다. 공기통도 없이 그냥 잠수했다가 그냥 나오고."

"생선이 뭐야. 물고기라고 해야지."

"뭐가 달라?"

"생선은 죽은 거, 물고기는 바다에 살아 있는 거."

날이 더웠다. 아이들은 오늘치 물을 다 만든 다음 나무뿌리들이 시작되는 곳 근처에 모였다. 그늘에 잠긴 채 바다를 코앞에서 볼 수 있는, 얼마 안 되는 장소 중 하나였다. 선율이 관람석으로 허락해 준 곳이기도 했다. 계속 기웃거리면 거슬리고 위험하니까, 그럴 바에는 앉아 있으라고 했다.

"근데 그러면, 우리 산에 이제 물꾼이 둘인 건가? 언니랑 저 사람이랑."

"아마 내기 끝나자마자 강원도로 가지 않을까? 거긴 멀쩡한 기계 인간들도 많이 있다니까, 비슷한 사람들끼리 살러 가겠지."

"강원도 가는데 헤엄은 왜 가르쳐?"

"선율 누나랑 삼촌이랑 계속 이야기하잖아, 뭘 찾아 준다고. 바다에 두고 온 게 있나 봐. 직접 봐야 알 수 있나 보지."

아이들이 셋으로 갈라졌다. 수호가 노고산에 남을 거라고 믿는 쪽, 아닌 쪽, 다른 산에서 채갈 수도 있다고 걱정하는 쪽. 수호를 바다에서 찾아온 건 선율과 지오인데, 저러다가 남산이나 둔지산 같은 곳으로 훌쩍 가 버리면 어쩌냐고 했다.

"어쩌긴 뭘 어째, 가는가 보다 해야지. 원래 허락받고 가는 것도 아닌데."

"그래도 우리 산에 있으면 좋잖아."

그러다가 시선들이 아무 말도 하지 않고 있는 여자아이에게로 향했다. 약간 떨어진 곳에 앉은 채로, 토라진 듯 산 쪽을 바라보고 있었다. 목덜미에도 닿지 않을 만큼 짧게 깎은 머리와 치켜 올라간 눈썹이 고집 세 보였다. 이름은 지아. 열두 살.

노고산 아이들에게 지아는 수호만큼이나 낯설고 이상한 애였다. 함께 지낸 지 벌써 두 해가 됐는데도 그랬다. 북악산 어른들이 삼촌에게 지아를 맡겼다. 친하게 지내던 언니가 혼자 강원도로 떠난 다음부터 말썽이 심해졌다고, 다른 산으로 가고 싶어 한다고 해서 맡아 준 거였다.

눈을 잘 마주보지 않아서, 언제나 세 발짝쯤 떨어진 채 걸어서, 입을 여는 법이 없어서 아이들은 지아를 어려워했다. 지아가 큰 목소리로 말할 때가 있다면 싸울 때와 선율에게 뭔가 부탁할 때뿐이었다. 지아는 물꾼이 되고 싶어 했지만 번번이 안 된다는 소리만 듣고 물러났다.

선율의 대답은 항상 똑같았다. 아직 위험해. 물속으로 내려가려면 몇 년은 더 있어야 할 걸. 언니는 열한 살부터 다녔다면서. 그러면 나도 되는 거잖아. 나는 운이 좋았던 거야. 운이 좋아서. 이따금 지아는 그 몇 년이라는 게 나이 때문이 아닐 거라고 중얼거렸다. 원래부터 노고산에서 살지 않아서 차별을 두는 거라고.

그래서 아이들은 수호를 주제로 실컷 떠들다가도 가끔씩 지아의 눈치를 봤다. 입술을 계속 잘근거리는 게 할 말이 있어 보였지만, 좋은 내용이 아닐 것 같아서 그랬다. 한편으로는 그토록 불만이 많은데도 굳이 물가에 따라오는 이유를 궁금해하는 쪽도 있었다. 누구도 먼저 말을 꺼내진 않았지만 모두가 한 번쯤은 싸움이 날 거라고 생각했다.

"당연히 다른 데로 가겠지, 여기 왜 있어?"

그리고 오늘은 지아가 아이들을 똑바로 마주보았고, 입도 열었다. 평소부터 지아를 탐탁찮아 하던 애들 몇몇이 왜 말을 그런 식으로 하냐면서 따지고 들었다. 지아도 지지는 않았다. 왜, 가지 말라고 막을 수도 없잖아. 가면 가는 건데. 근데 안 갈 이유가 없으니까, 솔직히 여기보다는 남산이나 북악산이 더 좋으니까, 아니면 아예 강원도에 갈 수도 있으니까 그렇게 말한 건데. 내가 틀린 말 했어?

그러자 조용히 있던 아이들까지 한 마디씩 얹기 시작했다. 산이 좁고 사람이 없긴 해도 삼촌이 있고 선율이 있고 지오가 있다고, 그러면 된 거라고, 그리고 노고산이 마음에 안 들면 원래 살던 곳으로 돌아가라고 했다. 돌아가! 돌아가! 미리 약속을 한 게 아닌데도 여럿이 말하는 가운데 박자가 딱딱 맞았다.

지아는 입을 꾹 다문 채로 일어서 어디론가 사라졌다. 너무했다는 말이 나온 건 여자애의 뒷모습이 점점 멀어지다가 나무 속으로 사라질 즈음이었다. 아무리 밉상인 사람이라도 파도에 쓸려 가는 모습을 눈앞에서 보면 마음이 편치 않았다. 아이들은 방금 전의 외침이 지아에게는 파도가 아니었을까 생각하면서 서로 수군거렸다. 가서 미안하다고 해야 하는 거 아니야? 우리가 왜 사과해야 하는데? 잘못한 게 누군데?

그러다가 한 명이 일어나서 지아가 사라진 방향을 향해 갔다. 누가 잘못했건 간에, 상대가 눈앞에 없을 때에는 이야기도 의미를 잃는다고 믿는 쪽이었다. 그 애는 빠르게 사라졌다가 잠깐의 시간을 두고 다시 나타났다. 지아가 삼촌 작업실 바깥에 기대어 있었던 호버 보드를 끌고 물가로 내려갔다고 했다. 이제 이 일은 아이들만의 문제가 아니게 됐다.

*

왁자지껄하니 들려오던 소리가 뚝 멎을 때까지도 선율은 별 관심을 두지 않았다. 아이들은 항상 어떤 이유로든 싸웠고 또 어떻게든 화해했다. 나이 많은 사람이 함부로 끼어들었다가는 오히려 서먹해질 때가 있었다. 그러니까 오늘도 그렇겠지. 그게 안일한 생각이었음을 알게 된 건 일이 제대로 터진 뒤였다.

"호버 보드, 작업실 밖에 세워 뒀잖아. 지아가 그거 가지고 내려갔어."

"삼촌한테 허락받은 거 아니야? 지금 작업실에 있잖아. 어차피 아직 충전도 덜 해 놔서 제대로 타지도 못할 텐데."

"아니, 그게, 삼촌은 몰라. 다른 애가 지오 형한테는 말하러 갔는데, 삼촌한테는……."

아이들은 우물쭈물하며 서로를 바라보았다. 그러다 하나가 앞으로 나와서 겨우 입을 열었다. 수호를 주제로 싸움이 났는데, 지아가 못된 말을 했고, 그래서 자신들도 심하게 굴었다는 거였다. 돌아가라는 말에 정말로 호버 보드를 가지러 갈 줄은 몰랐다고. 삼촌한테 말하면 혼날 것 같아서 선율에게 먼저 왔다고 했다.

이야기를 모두 들은 선율은 수호의 표정을 확인했다. 난처한 듯 미간을 좁히고 있었다. 자기 때문에 싸움이 났고, 다른 문제까지 생겼다고 하면 누구든 곤란할 것이다. 수호가 한 일이라고는 물가에서 헤엄을 친 것뿐일지라도. 머릿속에서 질문들이 뒤섞였다.

세상에, 지금이라도 배를 타고 따라가 봐야 하나? 아무래도 그렇겠지? 수호한테는 뭐라고 말하지? 지아가 왜 그러는지는 짐작이 갔다. 수호에게 네 잘못이 아니라고도 말해 주고 싶었다. 하지만 그런 건 조용할 때, 느긋한 마음을 가지고 해야 하는 일이었고 지아가 지금 당장 저 바다 위를 가로지르고 있을 수도 있었다.

"어느 방향인지는 알아?"

"저쪽. 그런데 계속 저쪽일지는 모르고……."

그때 기다렸다는 듯 등 뒤편에서 경적 소리가 났다. 지오가 조각배에 올라 앉은 채 선율과 수호를 바라보고 있었다.

"수호야, 미안한데 잠깐 찾으러 다녀올게. 걱정하지 말고 있어. 너무 신경 쓰지도 말고. 괜찮아."

수호는 잠깐 고민하다가 물었다.

"나도 따라가도 될까? 나도 엮인 일인데, 여기서 가만히 기다리고만 있기가 그래서."

*

지오는 아이들이 말해 준 방향을 중심으로 원을 그리면서 배를 몰았다. 그러는 동안 선율은 수호에게 사정을 설명했다. 다른 산에서 온 탓에 적응을 어려워했는데, 그런 와중에 자신이 잠수를 가르쳐 주지도 않아서 억울한 마음이 있었을 거라고 했다. 수호는 그렇구나, 대답하고는 생각에 잠겼다. 목소리가 다시 들려온 건 배가 다섯 번째로 둥글게 돌 무렵이었다.

"저기, 그 애 아니야?"

선율은 수호가 가리킨 곳을 보았다. 수면으로부터 되튀긴 빛들이 안개처럼 낮게 깔려 어디부터가 하늘이고 어디부터가 물인지도 분간하기 어려웠다. 지오에게도 한번 보라고 했지만 마찬가지였다.

"안 보이는데."

"아무튼 한번 가 보자. 저기 있을 거야."

기계 인간이니까 더 멀리까지도 볼 수 있는 걸까. 그런 걸 물어보는 게 실례일지 아닐지 고민하던 선율은 문득 수호의 눈이 평소와는 조금 달라졌다는 사실을 깨달았다. 원래는 밤색 테두리들이 층을 이루듯 작고 까만 구멍을 둘러싸면서 눈동자를 만들었는데, 이번에는 그냥 텅 빈 어둠만이 있었다. 그 위의 플라스틱 알에 선율의 얼굴이 비쳐 보였다.

"왜 그래?"

아무래도 눈을 너무 빤히 봤나 보다. 선율은 얼굴이 훅 뜨거워지는 걸 느끼며 고개를 돌렸다.

"아니, 아니야. 미안……."

"티가 났구나."

킥킥거리듯 웃은 수호는 엄지로 자신의 관자놀이를 지그시 눌렀고, 작은 목소리로 무언가를 말했다. 그러자 딱정벌레의 날개가 펼쳐지듯 테두리들이 원래의 자리를 되찾았다. 수호는 어지럽다는 듯 머리를 가볍게 흔들었다.

"줌 렌즈를 쓴 거야. 명령어가 몇 개 있거든. 알고만 있었던 건데, 해 보니까 되네."

"명령어?"

그 단어를 듣자마자 갑자기 지오의 눈이 반짝였다.

"다른 사람이 해도 똑같이 되는 거야? 아니면 너만?"

"글쎄, 다른 사람도 되겠지. 그래도 남한테 시키고 싶지는 않네."

수호는 이 기능이 별로 즐겁진 않다고 덧붙였다. 몸이 제멋대로 움직이는 것만 같아서, 자기가 직접 명령어를 읊어도 느낌만큼은 마찬가지라서 기분이 나빠진다는 거였다. 짧은 설명이었지만 싫을 이유로는 충분했다. 지오는 시켜 달라고 조르는 대신 조종간으로 돌아가 방향을 틀었다.

그렇게 조금 더 나아갔더니 정말로 머리 짧은 애가 보이기 시작했다. 엎어진 호버 보드에 양팔을 얹은 채, 물에 둥둥 떠 있었다. 엔진이 갑자기 꺼지면서 널판이 뒤집어진 모양이었다. 올라가서 앉아 보려 했지만 잘 안 됐을 테고. 지오가 경적을 울리자 그 애의 고개가 홱 돌아갔다. 지아였다.

지오가 밧줄을 배 아래로 늘어뜨렸다. 붙잡고 올라올 용도였다. 선율이 먼저 물에 몸을 던졌고 수호가 뒤를 따랐다. 지아를 데려오고 호버 보드까지 배에 실으려면 둘은 있어야 했다. 가까이 다가가자 지아의 표정을 똑바로 볼 수 있었다. 금방이라도 울음을 터뜨릴 것만 같았다.

"세상에, 머리까지 흠뻑 젖었네. 잘 닦아야겠다. 가서 옷 갈아입고 쉬자. 애들도 미안하대."

선율은 지아의 머리카락을 만지작거렸다. 지아는 힘없이 손을 쳐내고는 중얼거렸다. 눈은 수호를 힐끔거리고 있었다.

"가기 싫어."

"그러면 계속 여기 있게?"

"몰라. 안 갈래."

"애들도 말 함부로 해서 미안하대. 삼촌도 아직 몰라."

"여기 있을 거야."

호버 보드만 있었더라면, 아니면 지아만 있었더라면 어떻게든 배에 올렸겠지만 지아가 호버 보드를 붙잡은 채로 멈춰 있으니 이도 저도 마땅치가 않았다. 지오가 무슨 일이냐고 묻고 수호가 잘못 초대받은 손님처럼 눈을 깜박이는 시간들이 하릴없이 지나간 다음에야 겨우 타협안이 나왔다.

"물에 빠졌을 때 목걸이 잃어버렸어. 언니 건데."

"목걸이?"

"강원도 간 언니 거. 그거 찾으면 갈래."

목걸이라니, 그런 게 있었나? 일 년을 같은 산에서 지내는 동안 지아가 목걸이를 갖고 다니는 모습은 본 적이 없었다. 몰래 숨겨 뒀다고 쳐도 어쨌든 한참 전에 빠뜨린 걸 지금 찾을 수 있을 것 같지도 않았다. 중요한 걸 잃어버린 사람에게 어쩔 수 없다는 말을 하긴 싫었지만, 세상에는 정말로 어쩔 수 없는 일도 있는 법이었다.

"우리가 급하게 오느라 잠수 용구를 안 가져왔어. 산에 갔다가 다시 오면 목걸이가 또 멀리 가 있을 테고. 미안하지만…….

응, 어려울 것 같아. 나중에 북악산 사람들한테 부탁해서 언니 물건이 더 있는지 물어봐 줄 테니까, 일단 가자."

대답은 없었다. 지아는 입을 꾹 다문 채로 수호를 바라보았다. 싫어서 노려보는 투는 아니었다. 부러움과, 서운함과, 억울함과, 일종의 동경 같은 게 엿보였다.

선율은 지아가 왜 그랬는지 비로소, 제대로 이해할 수 있을 것 같았다. 처음 본 사람한테 다들 잘해 주는 걸 보니 외떨어진 기분이 들었을 테고, 한편으로는 수호에게 말을 걸고 싶은데 그러지 못해서 아쉬웠을 것이다. 그러다가 아이들에게 돌아가라는 말까지 들은 탓에 서운함이 복받쳐 왔을 것이다.

하지만 그렇다면 어떻게 해야 하는 걸까. 잠수 용구는 안 가져왔고 목걸이가 어디쯤에 있을지도 모르는데. 해 줄 수 있는 일이라고는 지아를 데리고 돌아가서 머리를 닦아 주고는 아이들과 화해시키는 것뿐인데. 잘 말린 이불을 덮어 주고, 잠수를 가르쳐 주겠다고 약속하고. 수호랑도 이야기할 시간을 주면 금방 마음을 누그러뜨릴 것 같았다.

그건 노고산의 일상이었고 선율이 아는 것도 그게 다였다. 선율은 어떻게 할까 고민하다가 수호를 보았다. 몸이 여기에 있어도 마음은 어디에 두어야 할지 모르겠다는 듯이 표정이 텅 비어 보였다. 잘 모르는 데다가 난처하기까지 한 사건에 갑작스레 엮인 탓에 어떻게든 결론만을 기다리고 있는 것이다.

일상 바깥으로 호버 보드를 몰고 간 사람이 하나. 그리고 아직은 일상이 되지 못한 사람이 하나. 선율은 문득 그 두 개의 바깥이 맞닿는 자리가 있으리라고 생각했고, 여기에서 목걸이를 찾느냐 찾지 못하느냐는 딱히 필요한 일이 아니라고도 느꼈다. 물론 중요하다면 중요하겠지만 반드시라는 단어를 붙일 만큼은 아니었다. 선율은 지아에게 잠깐만 기다리라고 일러둔 다음 수호를 데리고 배 뒤편으로 갔다.

"정말 미안해, 나도 이럴 줄은 몰라서."

선율은 이게 수호 때문이 아니라는 이야기를 되풀이했다. 지아는 예전부터 아이들과 서먹했고, 나름대로 서운한 게 있었는데, 그게 때마침 터져 버렸을 뿐이라고. 기분이 이상하겠지만 어쨌든 잘 풀릴 테니까, 너무 신경 쓰지는 않아도 괜찮을 거라고. 그리고 한두 시간쯤 물 밑을 돌아다니면서 목걸이를 찾아 줄 수 있겠느냐고 부탁했다. 꼭 발견해야 한다는 부담을 가질 것도 없이, 최선을 다하기만 하면 된다. 지아가 물 밑에서 잃어버린 게 어떤 마음이라면 지아만을 위한 시간은 그 대신이었다.

*

수호는 부탁을 선뜻 받아들였고, 렌즈 카메라를 조정했을 때와 비슷한 방식으로 눈에 불을 밝혔다. 그러고는 물속을 맴돌았다. 떠오르거나 가라앉는 것들을 바라보고 또 붙잡으면서. 그러다가 한 번씩 고개를 내밀고는 조각배에 앉은 지아와 시선을 맞췄다. 지아는 생각에 잠긴 것처럼 조용했고 가끔은 울었다.

"안 찾아도 돼. 안 찾아도 되니까 그냥 가자."

그렇게 한두 시간쯤 지났나, 지아가 갑자기 돌아가자고 했다. 해가 조금만 더 기울면 노을로 변할 즈음이었다. 호버 보드에 매달려 있을 동안 긴장을 많이 했는지 지아는 노고산에 도착하기도 전에 픽 잠들고 말았다.

셋은 지아를 오두막에 눕힌 후 아이들을 안심시켰고, 삼촌에게 이야기를 전하러 갔다. 정확히는 둘만. 동생뻘인 애가 사고를 친 것쯤이야 문제도 아니었지만 이런 일로 삼촌을 만나고 싶지는 않았다. 수호가 느끼기에는 그랬다. 지오와 선율이 떠난 뒤에, 수호는 한동안 오두막 안을 돌아다니면서 생각을 정리했다. 그러고는 지아에게서 몇 걸음 떨어진 자리에 앉았다.

기울어 가는 햇살이 창문을 넘어와 발끝을 적셨다. 어둑한 곳을 밝히러 들어오는 손전등 불빛 같았다. 먼지들이 그 안에서 깜박이듯 나타났다가 사라지기를 반복했다. 새로 보이는 먼지가 아까 사라진 것과 같은지 수호는 알 수 없었다.

그것들을 멍하니 좇다 보니 몸에서 눈만이 떨어져 나와 세상과 맞닿는 기분이 들었다. 그렇게 소리와 온도 따위가 부쩍 멀어진 채 생각 뒤편에서 웅얼거렸고, 어느 순간 다시 가까워졌다. 닫힌 문이 열리면서 소음이 한순간에 예리해지듯이.

수호는 미지근해진 열기를 느꼈고 어둑한 곳이 더욱 어둑해진 것을 보았다. 그곳에서 까만 눈 한 쌍이 반들거리고 있었다. 지아는 수호를 한참이나 마주 보다가 고개를 돌려 시선이 천장을 향하게끔 했다. 기운 없지만 시무룩하진 않은 목소리가 허공을 향해 갔다.

"사실 언니 목걸이 같은 거 없어. 처음부터 안 가지고 있었어. 돌아가기 싫어서 거짓말한 거야."

"그렇구나."

"꼭 노고산이 싫어서 그런 건 아니야. 정말로 그렇게 생각해서 애들이랑 싸운 것도 아니고, 언니도 안 싫어해. 사실 아까는 좋았어. 정말 좋았어. 언니들이 오면 좋겠다고 생각하고 있었는데, 정말로 언니들이 와서. 그런데 좋다고 말하면 안 될 것 같아서 그랬어."

"이젠 말하고 있네."

수호는 놀리듯 장난스러운 어조로 대답했다.

"말해도 괜찮을 것 같아서."

그러더니 앞으로도 노고산에 있을 거냐는 질문이 이어졌다. 잠수는 왜 배우는 거냐고도 했다. 수호는 사실대로 읊어 주었다. 사라진 기억 때문에 옛날 집에 가 보려 한다고. 그런 다음에 남을지 말지를 결정하고 싶은데, 만약 떠난다면 목적지는 다른 산이 아니라 물에 잠긴 서울이 될 거라고. 지아는 수호의 부모님 이야기를 듣다가 자기 이야기를 시작했다. 북악산에 살 때 친하게 지내던 언니가 말도 없이 강원도로 가 버렸다는 거였다.

"나는 강원도에 갈 거야. 그래서 언니한테 왜 혼자만 갔냐고 물을 거야. 화도 낼 거야."

"그 다음에는?"

"몰라. 생각 안 해 봤어."

지아는 그 말을 끝마치자마자 갑자기 아니야, 라고 했다. 무심코 거짓말을 했다가 화들짝 놀라 취소하는 것처럼.

"아니야. 사실 강원도도 안 가고 싶어. 그냥 여기서 애들이랑 잘 지내고 싶어. 선율 언니랑도 친해지고. 그런데 그러려면 원래 언니 생각을 그만해야 하는데, 그게 잘 안 돼."

지아의 얼굴은 여전히 천장을 향해 있었지만 천장을 바라보고 있다고는 할 수 없었다. 수호는 지아의 텅 빈 눈과 벌어진 입을 보며, 목소리를 들으며, 여자아이처럼 생긴 풍선이 여기에 누워 있다고 생각해 보았다. 풍선에 생긴 구멍으로 그걸 채우고 있던 울림들이 한순간에 빠져 나갔다고. 그리고 다시 사라진 만큼의 무언가가 채워져 들어왔다고.

"강원도 말이야, 언젠가는 가고 싶지만 꼭 언니가 미워서는 아니야. 왜 말도 안 하고 갔는지도 알고 있어. 위험하니까, 어린애한테는 더 위험하니까 혼자서 간 거야. 나한테 말했다가는 따라겠다고 졸랐을 테니까. 나도 알아. 하지만 아는 거랑 마음이랑은 다르잖아. 어쩔 수가 없는 건데, 내가 노력해도 어떻게 안 되는 건데, 나한테 물어보기만 해도 좋았을 텐데. 기분이 이상해서 어쩔 수가 없었어."

지아는 그렇게 한참을 중얼거리다가 수호를 바라보았고, 갑작스러운 잠에 빠져들었다. 수호는 자신이 누군가의 앞에서 이렇게 마음을 털어놓을 수 있을지, 언제쯤 그럴 수 있을지가 궁금해졌다. 하지 못한 말들은 너무 가벼워서 그걸 담고 있는 몸이 그만 붕 떠 버리는 것만 같고, 그래서 바로 옆에 있는 것조차도 아주 먼 느낌이 들었다. 말들을 비워 낸 다음 거기에 단단하고 무거운 것들을 채워 넣을 수 있다면 물 밑을 떠돌면서 물의 감촉만을 느낄 수 있을 것이다. 오래전에 끝난 일들을 두고 생각에 잠기는 게 아니라.

수호는 입을 벌리고 거기에 놓여야 할 문장들을 떠올렸다. 있지, 나도 기분이 이상해. 여기에 앉아 있는 게 실수 같아. 내 실수라기보다는, 응, 엎질러진 물이 된 기분이야. 그런데 누굴 어떻게 원망해야 하는지 모르겠어서, 애초에 탓할 사람이 있는지도 모르겠어서, 어떻게 말을 꺼내야 할지 모르겠어. 무슨 답을 듣고 싶은지 모르겠고. 그러자 정말로 소리들이 튀어나올 것 같아서 수호는 관자놀이를 꾹 눌렀다. 음소거 명령어를 읊으면서.

그렇게 고요가 왔다. 아무 소리도 없는 시간은 편안하지도 즐겁지도 않았고, 그저 멈춘 것 같기만 했다. 문틈의 빛줄기가 삼각꼴로 넓어지고 그 사이로 선율이 나타날 때까지도 수호는 정적 속에 멈춰 있었다.

"아직 있지?"

수호는 고개를 끄덕였다.

"삼촌이 이야기 좀 하자더라. 작업실까지 같이 가자."

*

선율을 따라 걸음을 옮기면서, 수호는 기계 몸이 되어서 정말로 다행이라고 생각했다. 살갗 아래 있는 게 금속이 아니라 뼈와 피였더라면 심장이 두근거리는 소리가 귀까지 올라왔을 테니까. 태연한 척 굴 수 있다는 건 좋은 거야. 속으로 중얼거린 수호는 가볍게 주먹 쥔 오른손을 가슴팍에 올려 보았다. 엔진은 평소와 같은 세기와 속도로 미미하게 떨고 있었다. 좋은 거야.

삼촌은 고생이 많았다며 운을 떼고는 지아 이야기를 잠깐 한 뒤, 수호에게 마음을 정했는지 물었다. 둔지산 내기를 마치고 기억을 찾으면 어쩔 생각인지. 강원도로 가든 다른 산으로 가든 기꺼이 도와줄 테니 편하게 이야기해도 좋다고. 혹은 전원을 끄거나 산에 남아 있는 것도 좋다고. 그게 다였다.

수호는 대답을 미루는 동안 그 친절하고 서먹한 문장들 뒤편에 무엇이 숨어 있을까 생각해 보았다. 삼촌도 자신처럼 태연한 척하는 걸까. 그렇다면, 자신에게는 엔진과 티타늄 뼈대가 있다면 삼촌에게는 뭐가 있는 걸까. 두 눈이 우묵한 자리에 모여든 물처럼 고요하고 어두워 보였다.

수호는 그 눈길로부터 벗어나려 다른 곳에 시선을 주었다. 붉은 기운이 맴돌기 시작하는 햇볕. 갖가지 장비들. 선반, 선반 위의 놋쇠 고양이와 도자기 돼지. 저번에 왔을 때는 없던 것들이었으니 새로 꺼내 놓은 게 분명했다. 고양이는 희 아주머니의 물건이라는 걸 바로 알 수 있었지만 돼지는 처음 보는 것이었다. 사라진 시간들 속에 저 작은 도자기 장식품이 있을지도 모른다. 있을 것이다.

하지만 거기까지 추측을 해 봐도 삼촌이 정확히 무슨 말을 하고 싶은지는 알 수 없었고, 삼촌도 말하지 않았다. 수호가 그걸 빤히 응시하는 걸 보았는데도. 삼촌은 무언가를 피하고 또 기다리는 것만 같았다. 잘못을 들킬까 걱정하다가도 내려놓고 홀가분해지길 바라는 사람처럼. 말하지 못할 잘못에 속죄 기도를 올리듯이. 그러니까, 삼촌은 미안해하고 있었다.

뭐가 그렇게나 미안한 걸까?

아직은 잘 모르겠어요. 네, 아직은요. 예전 집까지 다녀오고 나서 말씀드릴게요. 아무렇지도 않은 척 대답을 내놓으면서, 수호는 서운함이 조금 다른 감각으로 변하는 것을 느꼈다. 막연한 이해와 막연한 두려움이었다. 아직은 너무 막연해서 수시로 모습을 바꾸는 것들. 수호는 선율과 함께 작업실을 나왔다.

*

"오늘 고생 많았어. 가뜩이나 머리 아플 텐데 신경 쓰이게 해서 미안하고, 그리고, 고마워. 열심히 찾아 줘서."

"고마울 것까지야. 어차피 잠수 연습은 계속 해야 했는걸. 조금 먼 바다에서 했다고 치면 되지."

"그래도 미안해서. 잘 해결되긴 했지만."

수호는 지아에게도 사과를 받았다고 말했다. 속마음도 들었고 왜 그랬는지도 알게 됐으니 괜찮다고, 잘 끝났으니 다 된 거라고 했다. 지아가 자신이 머무르기를 바라는 눈치라고도 덧붙였다. 귀엽더라. 그치, 귀엽지. 다른 애들이랑 같이 다니면서도 잘 못 어울리는 것 같아서 걱정했는데, 그것도 나아질 것 같고. 선율은 맞장구를 치더니 갑자기 우찬 이야기를 꺼냈다.

"보면 다들 안 솔직한 구석이 하나씩은 있더라. 예전 일로 쌓인 게 있는데, 사실대로 말을 못 하니까 괜히 심술을 부리는 거야. 지아 같은 애가 하면 그것도 귀여운데 나보다 나이도 많으면서 그러면 솔직히 밉상이야. 우찬이처럼. 맨날 시비만 걸고 다니고."

"내기 상대 말하는 거지?"

"응, 남산에 있는 애. 애라고 부르면 싫어하긴 하는데, 아무튼."

그래도 비슷한 기대를 걸어 보고 싶다는 게 선율의 말이었다. 지아가 갑자기 솔직해진 것처럼, 우찬에게도 그런 순간이 찾아올 거라는 기대. 지금은 자신도 우찬을 보면 짜증부터 내지만 언젠가는 화해를 해야 할 테니까. 계속 티격태격할 수는 없으니까.

이야기를 풀어 나가면서 선율은 곧잘 투덜거렸고 우찬이 걸어 온 시비를 목록처럼 읊어 주기도 했다. 하지만 모든 불평은 어쨌든 잘됐으면 좋겠다는 말로 끝났기 때문에 거기에는 매끈하고 좋은 말들과는 다른 종류의 온기가 담겨 있었다.

하기야 모두를 순전한 마음으로 아끼고 용서하고 이해하기란 천사나 할 일이지 사람의 태도는 아니다. 천사처럼 군다는 것은 상대를 자신과 같은 사람으로 보지 않는다는 것이다. 물고기가 말을 모르고 규칙을 모르는 것에 화내지 않듯이 기대가 없고 하찮은 존재에게만 한없이 너그러울 수 있다.

그래서 수호는 마음이 조금 편해졌고, 삼촌에 대해서도 털어놓고 싶어졌다. 그 말을 들어 줄 사람이 선율이기 때문일 것이다. 주인도 모르는 시간마저 미리 포옹해 줄 수 있으리라는 믿음. 포옹하기만 하고 집어삼키진 않을 거라는 믿음. 그런 믿음 뒤편에서 자신이 삼촌을 원망하게 될지도 모른다는 가능성이 나타나더니 두려움으로 변했다. 삼촌이 미안해하는 시간들은 좋지 않았을 것이다.

"갑자기 궁금해졌는데, 그런 게 꼭 잘 풀리기만 하는 건 아니잖아."

"무슨 뜻이야?"

"예전 일이랑 속마음에 솔직해지는 거. 싫어하는 걸 참고 있다가 사실대로 말하면, 음, 일이 더 복잡해지지 않나 싶어서."

"그야 그렇지. 그런데 내 생각은, 솔직해진다고 해서 꼭 문제가 풀리는 건 아니어도 문제를 풀려면 솔직해져야 하는 것 같아. 이야기를 나누고 생각을 들으려면. 참기만 하고 덮어만 둔다고 해결되는 건 아니잖아. 겉으로 보기엔 조용해 보여도 언제 터질지 모르고."

선율은 자신이 노고산 사람들한테 조금씩 미안해하고 있다고 말했다. 우찬한테 유안 언니 이야기를 꺼내는 바람에 산이 이렇게 된 것 같다는 거였다. 삼촌은 괜찮다고 했지만 속이 편안해지지 않는다고, 일부러 산에 남은 아이들을 보면 더 그렇다고 했다. 어쩔 수 없었다고 마음을 다독여 봐도 무언가가 계속 얹힌 느낌이라고.

"잘 해야겠다는 생각이 계속 드는 거야. 우찬이도 문제지만 나 때문에 이렇게 된 면도 있으니까, 똑같은 일이 다시 안 터졌으면 하는 거지. 다들 문제 없이, 싸울 일 없이 지냈으면 좋겠어. 그러려면 미리 이야기를 많이 해 두는 편이 좋더라."

선율은 멋쩍은 듯 웃었고, 짧게 덧붙였다.

"어렵긴 해. 오늘 일도 마찬가지고. 평소에 지아한테 조금 더 신경을 써야 했는데."

"그래도 잘 풀렸으니까 된 거 아닐까?"

"잘됐지."

밝은 목소리를 들으니 있지도 않은 심장이 움츠러드는 기분이었다. 예전 기억에 가닿으려면, 계속 살아가려면 선율이 짊어진 죄책감과 부담감을 다리처럼 밟고 건너가야 한다는 걸 깨달아서였을 것이다. 하지만 내기가 끝나자마자 전원을 끄고 사라지는 것도 선율에게 기쁜 일은 아닐 듯했다. 수호는 고개를 끄덕이면서, 가만히 자문해 보았다. 어떻게 해야 할까.

아무리 생각해도 혼자서는 답을 찾을 수 없었다.

"나도 솔직히 이야기할 게 있긴 한데…… 지워진 기억이 별로 안 좋은 내용일 것 같아서, 그래서 걱정이 돼. 나 때문에 네가 곤란해지면 어쩌나 하고."

"짐작 가는 거라도 있어?"

"아니, 그건 아니야. 그래도 지운 이유가 있었을 테니까."

수호는 거짓말을 했다.

"음, 글쎄. 상상이 잘 안 가네. 벌써부터 너무 걱정하는 것 같은데. 네가 함부로 남한테 화풀이를 할 성격도 아닌 것 같고."

선율은 고개를 돌려 수호를 마주 보았고, 씩 웃었다.

"어쨌든 난 사실대로 말해 줬으면 좋겠어. 정확히는 말하고 싶으면 말하고, 싫으면 말고. 네가 마음이 편한 쪽으로 했으면 좋겠다는 거야. 네 기억이잖아."

그러고는 갑자기 단어가 모두 달아났다. 침묵 속에서, 수호와 선율은 앞서거니 뒤서거니 걸으면서 지아가 자고 있는 곳을 지나쳤다. 둘 중 누구도 목적지가 없어 서로를 따라가고만 있었다는 사실을 깨달은 건 그러고 나서도 시간이 조금 더 흐른 뒤였다.

하지만 수호는 돌아가자는 말을 꺼내는 대신 걷기만 했다. 말로 풀어낼 수 있는 것은 모두 쏟았고 머릿속에는 이상한 덩어리만 남았기 때문에, 그걸 설명할 단어를 찾을 때까지는 걷고 싶었다. 그렇게 나무가 있는 곳을 지나고 발목이 물에 잠겼을 때 선율이 짧게 중얼거리면서 멈춰 섰다. 앗, 하고.

옆을 바라본 순간 수호의 생각도 함께 멈췄다. 스미듯 바다로 떨어지는 노을 때문인지 선율의 표정 때문인지는 알 수 없었다. 수호는 검은 눈 안에서 일렁이는 광반을 바라보다가 정면으로 시선을 옮겼다. 해는 눈높이 위치로 자리를 바꿔서, 저 하늘에 있을 때보다도 크고 붉게 빛나고 있었다.

선율이 말했다.

"계속 노을을 보게 되네."

"노을이라니?"

"왜, 저번에 네가 말 걸었을 때도 저녁이었잖아. 그래서."

말끝을 얼버무린 선율은 수호의 손에 자신의 손을 겹쳤다. 한없이 평범하면서도 다정한 감각이 훌쩍 다가왔다. 지금까지 오간 이야기를 하나로 뭉친 다음 낱말을 걸러 내면 따뜻한 온도만 남는 게 아닐까. 그런 온기는 텅 비었는데도 전체를 담고 있어서, 기나긴 설득보다 더 많은 걸 전해 준다. 그래서.

노을이 비추는 시간이 수호를 감싸 안았고, 수호는 선율의 손을 맞잡았고, 입속으로 그 어절을 반복했다. 그래서.

그래서, 옛날 집에서 무엇을 발견하든 간에 선율에게 솔직해질 수 있을 것 같았다.

서울로 내려가는 길

지오는 산 뒤편으로 향하는 샛길에 앉아 라디오를 만지작거리고 있었다. 삼촌은 밀린 의뢰를 처리하느라 바빴고, 선율은 수호와 붙어 있다 보니 할 일이 없었다. 지아는 아이들이랑 어색한 화해를 마친 다음 함께 선율을 따라갔다. 오늘부터 잠수를 배울 예정이라고 했다.

그러니까 다 잘된 셈이었다. 아이들은, 지아는, 언제나 그랬던 것처럼 싸우겠지만 그 싸움이 호버 보드를 들고 물가로 갈 만큼 심해지진 않을 것이다. 잘된 거지. 지오는 그렇게 중얼거리다가 주파수 조절 단추를 오른쪽 끝으로 휙 밀었다. 용수철처럼 줄어들었다 늘어났다 하는 소리가 주파수의 형태를 그대로 옮겨 놓은 것만 같았다. 정작 잡히는 방송은 없는데도. 짜증만 더 났다.

짜증이 나는 이유는 다양했다. 할 일이 없고 심심해서. 라디오가 생겨서 기대했는데 정작 되는 게 많지 않아서. 그리고 노고산이 뭔가 달라지고 있는데, 수호 때문인 게 분명한데, 거기에 자신의 몫은 얼마 없는 것 같아서. 주연을 간발의 차이로 놓치고 조연으로 떨어진 느낌이었다. 잘된 일이긴 하지만.

지오는 배를 몰던 기억을 떠올리면서 다시 단추를 만지작거렸다. 그러다 보니 그림자가 훅 다가왔다. 고개를 들어 보니 우찬이었다.

"라디오? 제대로 작동하지도 않는 것 같은데, 이걸로 이길 생각이면……."

평범한 라디오가 아니라 중파 수신이 되도록 개조한 거고, 바다 건너에서 오는 전파도 잡아 낼 수 있고, 그것 때문에 삼촌이 판교까지 다녀온 거라고 말하려다가 그만두었다. 그래 봤자 라디오일 뿐이라는 생각 때문이었다.

"아니, 이건 내 물건. 내기에 낼 건 따로 있고. 그나저나 평범한 거로는 우리 못 이기는데, 준비 제대로 한 거 맞지?"

"제대로 했으니까 온 거 아니겠냐."

"그래서, 시비 걸려고 온 거야?"

"넌 알면서 왜 또 그러냐. 누나 보러 왔다."

"아."

남산으로 떠난 이후에도 우찬은 두어 달에 한 번씩 노고산을 찾곤 했다. 유안의 무덤에 선물을 두기 위해서였다. 반지나 목걸이처럼 쓸데는 없지만 화려한 장식품을 가져와서 봉분 위에 올려 두는 것이다.

지오는 또다시, 조연을 넘어 엑스트라가 된 자신을 발견했다. 삼촌과 우찬과 선율이 얽힌 일에서 자신의 역할은 없다고 해도 좋았다. 셋과 모두 친하게 지냈고 지금도 우찬과 만나면 이런저런 이야기를 나누지만, 그게 다였다. 소소한 잡담으로 사람 마음을 돌려놓을 수는 없으니까.

답답함과 함께 의문도 커져 갔다. 왜 다들 몇 년씩 감정을 붙잡아 놓고, 이제는 어쩔 수 없어진 일들을 곱씹는 걸까? 누구 잘못인지 따지기를 멈추고 아무 문제가 없던 시절로 되돌아가면 안 되는 걸까? 그런다고 해서 나빠질 건 전혀 없는데.

왜 잊지 못하냐는 질문에는 언제나 답이 없었고, 그래서 지오는 유안의 죽음에 얽힌 사람들 앞에서 복잡한 기계를 연상하곤 했다. 이 버튼이 어느 기능과 이어져 있는지는 알지만 왜 그렇게 작동하는지는 파악할 수 없다. 오작동인지, 올바른 기능인지도 의문으로만 남는다.

분해하지 못하는 기계는 어떻게 고쳐야 하는 걸까. 지아의 마음이 갑자기 풀린 것처럼, 셋에게도 그런 순간이 찾아올 거라고 믿어야 하는 걸까. 생각에 잠겨 있던 지오는 인기척이 멀어진 것을 깨닫고 일어섰다. 우찬의 뒷모습이 점점 작아지다가

길이 갈라지는 곳에서 오른쪽으로 꺾었다. 갈대밭으로 향하는 길목이었다.

*

"우리 산에는 맨손으로 새를 잡는 애도 있어. 어떻게 하는지는 모르겠어. 가까이 가는데도 새가 안 날아가고 그 자리에 있어서, 확 잡으면 되는 거야. 나도 옆에서 한 번 봤는데 엄청 신기해."

"잡으면 어떻게 하는데?"

"그게 또, 새 잡는 애는 징그러운 건 싫어해. 그래서 손질하는 애가 따로 있어. 구우려면 깃털도 뽑고 해야 하니까. 맛있는데. 많이는 못 먹지만. 언니는 음식 먹을 수 있나?"

"아니, 안 먹지. 배터리만 있으면 돼."

"그래? 걔네들이 새 잡으면 제일 먼저 언니부터 부르기로 했는데. 다들 언니랑 이야기하고 싶어 하거든. 선율 언니가 당분간은 귀찮게 하지 말라고 해서 참는 거야."

수호는 그물 침대에 누운 것처럼 편안한 자세로 물 위를 둥둥 떠다니고 있었다. 그 모습이 너무 자연스러운 탓에, 물에 잠긴 무릎 아래로 지느러미가 뻗어 있다고 해도 믿을 것 같았다. 그 옆에서는 지아가 널판에 팔꿈치를 얹은 채로 조잘대고 있었다. 지오는 그 둘을 빤히 바라보았다. 원래는 우찬이 왔으니까 갈대밭 쪽으로는 가지 말라고 경고하러 온 건데, 어쩌다 보니 뜻밖의 광경을 마주치게 됐다.

"재가 저렇게 말 많이 하는 건 처음 본다."

"아주 신났지 뭐. 지아만 그런 것도 아니고, 붙여 놓으면 애들 죄다 저럴 걸. 내가 귀찮게 하지 말라고 해서 다들 참고 있는 거야."

"그나저나 잠수 가르치기로 한 거 아니었어?"

"안 그래도 그게 문제인데……."

노고산에는 공기탱크와 헬멧이 하나밖에 없었다. 사람들이 뿔뿔이 흩어지면서 잠수 용구도 함께 다른 산으로 넘어간 것이다. 수호야 숨을 쉬지 않으니까 괜찮았지만, 지아를 데리고 잠수를 가르치려면 잠수 용구가 하나씩 더 필요했다.

"그리고 어차피 수호랑 한 약속 지키려면 헬멧은 있어야 돼. 통신 기능 되는 걸로. 지금까지는 물 아래서 손짓으로만 이야기했거든. 그런데 진짜 밑으로 내려가려면 말이 통해야 하니까."

"어차피 네가 먼저 가고 수호가 따라갈 텐데, 그냥 잘 따라오라고만 하면 되는 거 아니야?"

"너 그거 물에 들어가 본 적 없으니까 하는 소리다. 여기가 맞냐, 아니냐, 그 정도는 몸짓으로도 대충 해결이 되지만 어딜 더 찾아 보자, 나는 여길 볼 테니까 너는 저길 봐라, 내가 찾던 게 이거다…… 이런 걸 손발로 어떻게 전달하냐고.”

“아무튼 헬멧이 필요하다는 거지?”

“응. 그거만 있으면 지금 바로 잠실까지 갈 수 있어.”

헬멧을 만들려면 부품이 많이 들었다. 재료를 구하는 데만도 시간을 한참 써야 할 것이다. 지오는 방법을 궁리하다가 둔지산 내기의 조건을 곱씹었다. 우찬이 이기면 공기탱크를 가져가고, 선율이 이기면 명동 구역을 쓸 수 있었다. 원래는 남산 물꾼들만 다니는 곳인데 특별히 허락해 주겠다고 했다.

거기까지 생각하자 떠오르는 게 있었다.

“그런데 내기는 어차피 우리가 이기는 거잖아. 우리가 이기면 명동 자리 받는 거고.”

“그렇지.”

“그거 꼭 필요한 거 아니지?”

“그것도 그렇지.”

선율은 선뜻 수긍했다. 자리가 다르면 건져 낼 수 있는 것도 다른 법인데, 우찬이 실력을 들먹이기에 그런 조건을 내걸었을 뿐이다. 자신도 구역만 바뀌면 우찬만큼 해낼 수 있다고. 명동 자리는 물론 탐이 났지만 멀리까지 배를 몰고 가는 일은 그것대로 귀찮았고, 한편으로는 이제 와서 별로 중요하지 않았다.

“그러면, 명동 자리 대신 잠수 용구를 달라고 하면 어때?”

지오가 슬쩍 물었고, 선율도 그게 낫겠다고 답했다.

*

길에 가까운 쪽 갈대밭은 나뭇가지가 드리워 캄캄했다. 갈대밭의 반대쪽 끝에 이르러서야 상자 입구에 손전등을 기울이듯이 해가 낮게 비쳐 들어왔다. 지오의 시선이 봉분으로, 우찬의 뒷모습으로, 그 너머의 푸른 여백으로 옮겨 가다가 원점으로 되돌아왔다. 봉분 뒤에 깔린 그늘이 테두리 같았다. 햇볕이 만드는 그림자는 특히 어둡고 선명했다.

지오는 우찬 곁에 가서 앉았다. 우찬은 별로 신경 쓰지 않는 듯 심드렁했다. 둘은 한참이나 말없이 있었다. 갈대가 서로 몸을 비비고 잎사귀가 떠는 소리들 속에서, 다리의 절반씩을 볕에 담근 채로. 그러다가 누가 먼저인지 모르게 시시한 대화가 시작되었다. 왜 또 왔냐. 그냥.

이런저런 이야기를 하다가 지오가 본론을 꺼냈다. 명동 자리는 필요 없으니 잠수 용구를 달라고. 어차피 남산에는 남는 게 있을 테니, 자리를 주는 거랑 다를 바도 없지 않겠냐고. 우찬은 잠시 생각하는 듯하더니 의외로 순순히 고개를 끄덕였다. 그러겠다고 했다.

"농담하는 거 아니지?"

"잠수 용구 주겠다니까. 너희가 이기면 준다고."

"정말로?"

"내가 이런 걸로 거짓말해서 뭐 하겠냐. 진심이야."

"그러면, 내기에서 지면 공기탱크 달라는 건 진심으로 한 소리였어?"

"그건 또 왜 묻냐."

"아니, 남산에 예비용 공기탱크 많잖아. 우리야 뭐, 선율이 것 하나뿐이고. 그래서 형이 우리 걸 굳이 가져갈 필요가 있나, 가져가면 또 쓸데가 있나 싶은 거야. 차라리 모니터를 달라고 하면 이해라도 가지."

질문인 척 말을 꺼냈지만 답은 이미 알고 있었다. 선율이 쓰는 공기탱크는 원래 유안의 물건이었다. 우찬은 예전부터 유품을 모으고 다녔으니까, 이번에도 똑같은 이유일 게 뻔했다.

"탱크는 귀하니까. 일단 있으면 좋은 거고."

"명동 자리 양보할 만큼? 아니면 잠수 용구 전체랑 맞바꿀 만큼?"

잠시 심호흡한 지오는 어조에 속내를 싣지 않으려 애쓰면서 질문을 쏟아 냈다.

"애초에 그거, 다른 물꾼들도 허락해 준 거야? 노고산 사람들이 다 남산으로 갔다 쳐도, 애초에 남산 출신이었던 사람이 더 많을 텐데. 형 사정 때문에 자기네 구역 쓰게 해 주겠다는 게 쉬운 일은 아니잖아."

"말이 남산 구역이지 누가 바다에 선 그어 놓은 것도 아니고, 한 명이 쓰겠다는데 허락 못 해 줄 거 뭐 있냐."

우찬의 눈이 가늘어졌다.

"무슨 말을 하고 싶은 거야?"

시선이 맞닿자 지오는 냉큼 입을 다물었다. 삼촌보다 한 뼘은 큰 키 때문인지, 아니면 각진 얼굴 때문인지는 몰라도 우찬에게는 사람을 주눅들게 만드는 구석이 있었다. 딱히 필요한 건 아니라고, 누나 유품이라서 그런다는 말을 듣고 싶었는데 글러 먹은 듯했다.

침묵이 길어지다가 우찬이 툭 말을 꺼냈다.

"너, 오늘이 며칠인지 아냐."

"어제 달력을 보긴 했는데……. 아마 6월 5일일걸. 아니면 6월 15일일 수도 있고."

"오늘이 무슨 날인지 아냐는 소리야."

"일단 내기까지 사흘 남은 건 알아. 왜?"

"누나 기일이다. 우리 달력으로 6월 17일."

"아."

지오는 짧게 신음했다. 우찬의 세계가 얼마나 복잡하고 단순한지 영영 알 수 없을 것 같다는 느낌이 들었다. 오로지 유안만을 가운데에 두고 돌아가는 마음이란, 그 한 명이 너무 커다란 나머지 다른 누군가가 비집고 들어올 틈이 없는 마음이란 어떤 것일까. 지오가 아는 건, 하나만 떠올리는 사람은 오히려 그것 때문에 생각이 많아진다는 사실뿐이었다.

날짜를 일일이 세는 사람은 많지 않았다. 할 수도 없었다. 기계가 가리키는 일자는 저마다 조금씩 달랐고 종이에 쓴 달력은 후끈한 공기와 바다 냄새 속에서 길을 잃었다. 그래서 보통은 숫자가 아니라 순서만을 기억하고 살았다. 하지만 우찬은 아니었다. 우찬은 유안의 기일이 6월 17일이라는 것도, 오늘이 6월 17일이라는 것도 알았다.

그래서 가끔은 우찬에게 유안이 어떤 사람이었는지 궁금해졌다. 흐릿한 날짜마저 기억에 남길 수 있는 관계란 대체 무엇인지. 가족이라는 게 그렇게나 소중한지. 하지만 지오가 기억하는 유안은 여러 어른 중 하나일 뿐이었다. 희미해진 기억을 헤집는 동안 우찬의 입이 다시 열렸다.

"내기가 끝나면 강원도에 가 보려고 해. 철조망을 둘러 놨다지만 그래도 운이 좋으면 들여보내 준다더라. 만약 못 들어간다 쳐도 내쫓긴 사람들끼리 모여 사는 곳도 있고, 거기 사람들이랑은 교류가 있으니까……. 적어도 여기랑은 많이 다르겠지. 더 좋을지 나쁠지는 몰라도."

혼잣말인지, 지오에게 하는 소리인지, 아니면 유안에게 남기는 말인지 분간하기 어려울 만큼 애매하게 들렸다. 지오는 넌 지시 물었다.

"구체적인 계획이야, 아니면 그냥 하는 생각이야?"

"예전부터 가려고 했어. 우리 산 사람들한테도 말해 뒀고. 말해 뒀으니까 명동 자리도 넘겨주겠다고 한 거지. 어차피 다들 내가 노고산 출신인 거 아니까. 그래서 만약 진다고 해도, 자리 하나 물려주는 셈치고 허락한 거야. 잠수 용구 주는 것도 똑같고."

"잠깐만, 그러면 공기탱크는 정말로 필요 없는 거잖아."

"필요하지. 남은 일이 그거 때문인데……."

우찬은 말꼬리를 흐리다가 짧게 덧붙였다.

"꼭 필요한 건 아니지만."

이번엔 꽤 솔직한 말이 나왔다.

질문이 순식간에 불어났다. 유안의 마지막 유품까지 거두어들인 다음 뭍으로 떠날 작정일까? 그래서 잠수 용구 하나쯤이야 노고산에 넘겨줘도 괜찮은 거고? 그런데 공기탱크 가지고 뭘 하겠다는 거야? 귀걸이라면 무덤 위에 올려두기라도 하지, 공기탱크를 그렇게 내버려둔다고? 그러면 선율이 다시 가져가도 별 수 없는 거 아닌가?

"형."

우찬을 부른 지오는 목을 가다듬었다.

"내가 질까 봐 무서워서 이런 얘기를 하는 건 아니야. 결국 우리가 이기긴 이길 건데, 그래도 이건 얘기해 둬야 할 것 같아서. 형이 스스로 포기하는 거랑 우리한테 져서 어쩔 수 없이 포기하는 건 다르니까. 그러니까, 내가 무슨 얘기를 하고 싶은 거냐면, 형도 그게 아무 의미 없다는 거 알잖아. 이제 지난 일은 지난 일이다 치고, 이제 좀…….”

핵심을 에둘러 가다 보니 말이 잘 이어지지 않았다. 이럴 줄 알았으면 차라리 솔직히 내뱉고 한 대 얻어맞는 게 나았겠다고 생각할 무렵, 우찬이 대뜸 말허리를 끊고 들어왔다.

“그건 그렇다 치고, 너는 문제가 뭔지 아냐?”

“뭔데?”

“제대로 말하는 법을 모른다는 거야.”

가라앉은 기억

어쨌거나 우찬은 지오의 제안을 받아들였고, 내기 모임도 약속대로 진행되었다. 저쪽에는 남산 사람들이, 이쪽에는 삼촌과 선율과 수호와 지오가 있었고 그 사이에 둔지산 물꾼들이 있었다. 구경꾼은 더 많았다. 사실 배만 더 넓었더라면 노고산 아이들까지 모두 구경을 왔을 것이다.

사람들은 선율이 전리품을 꺼내지 않는 걸 보고 수군거리다가 수호가 목덜미의 전선 연결부를 보여 주자 더 큰 소리로 떠들기 시작했다. 목소리에 놀라움과 감탄이 어려 있었다. 심판을 맡은 쪽도 반응이 비슷했다.

"대체 어디서 찾아온 거야? 이렇게 멀쩡한—"

남자는 적절한 호칭을 찾기 어려운 듯 말을 더듬거리다가 그나마 중립적인 단어를 골랐다.

"멀쩡한 애를."

둔지산 물꾼들은 덮개가 달려 있고 배터리가 들어 있어야 움직이는 여자애를 어떻게 대해야 할지 몰라서 우물쭈물하는 모양새였다. 선율은 의기양양한 표정으로 우찬을 바라보았다. 영화가 다섯 개나 저장된 소형 스마트 모니터가 꽤 멋진 물건이라는 사실은 부정할 수 없었지만(심지어 태양광 판까지 부착되어 있었다!) 사람과 똑같이 움직이는 기계 인간에 비하면 사소했다.

"주택가에서 찾았어요. 미개봉 상태로 큐브에 담겨 있어서 안 삭은 것 같아요. 설명서에 보면, 예전에는 죽은 사람들을 이렇게 다시 기계로 만들고 그랬다더라고요. 흔한 일은 아니었겠지만요."

수호의 출처는 대충 둘러대기로 했다. 어느 빌딩 지하에 미개봉 기계 인간이 수십 명은 있다고 말하는 게 현명하지는 않았다.

"어쨌건 숨도 안 쉬는 데다가 헤엄도 잘 쳐요."

"물에 들어갈 수 있어? 전자 제품일 텐데, 방수 처리가 돼 있나?"

둔지산 물꾼 중 하나가 질문을 던졌다.

"그런 셈이죠. 워낙 가벼워서 올라오는 것도 빠르다니까요."

심판은 다른 사람들을 돌아보았다. 모여든 물꾼들의 얼굴에 묘한 부러움이 번져 나갔다. 물속에서 숨을 쉬지 않아도 움직일 수 있다는 게 얼마나 좋은 일인지 모두가 알고 있었다. 잘못 잠수했다가 죽는 일은 잊을 만하면 한 번씩은 생기는 사고였다. 몇몇은 운 나쁜 물꾼들의 탱크를 직접 벗겨 낸 적도 있었다.

눈짓만이 오가던 끝에 심판이 다시 고개를 돌렸다. 표정을 보자니 이겼다는 확신이 섰다. 하긴 수호를 보고도 우찬의 손을 들어줄 리 없었다. 선율은 내기 조건을 떠올리고는 내심 안도했다. 둔지산 물꾼들도 승부를 위해 자기 구역을 내 준 상황이었기 때문에, 심판만 봐 주고 끝내기에는 수지타산이 맞지 않았다. 이긴 사람은 내기 물건을 그대로 가져가도 괜찮았지만 진 사람은 건져 낸 걸 넘겨야 했다.

둔지산 사람들도 손해는 아니었다. 일단 스마트 모니터도 충분히 자랑할 만한 물건이니까.

"좋아, 이런 건…… 따질 것도 없지. 네 승리야. 나머지는 우찬이랑 상의하면 되겠고."

심판의 판정에 선율은 우찬을 바라보았다. 기뻐 보이지는 않았지만 져서 분한 것 같지도 않았다. 완전히 다른 생각을 하느라 현실에서 한 발짝 물러난 모양새였다.

*

원격 제어 화면의 시계는 1시 32분을 띄우고 있었다. 눈이 따가운 게 빛 때문인지 더위 때문인지 분간하기 어려웠다. 운모를 흩뿌린 듯한 물결이 조각배 주위에서 출렁거렸고, 건물들은 해저로부터 치솟아 나오는 광선처럼 번쩍였다.

지오는 받은 숨을 들이켰다가 재빨리 내뱉었다. 공기를 오래 머금었다가 몸 안까지 무더위가 들이닥칠 것만 같았다. 배 바깥으로 몸을 쭉 빼고서는 팔꿈치까지 물에 담갔다. 미지근했다. 이토록 해가 뜨거울 때는 미지근하다는 낱말마저도 얼마나 반갑게 느껴지는지 모른다. 물속에 들어가 있는 선율과 수호가 부럽기만 했다.

우찬에게서 헬멧을 빌리고 곧바로 배를 띄운 참이었다. 삼촌은 들른 김에 둔지산 물건들을 봐 줘야겠다면서 남았고, 우찬은 굳이 따라왔다. 자기 잠수 용구가 누군지도 모를 애한테 넘어갔으니 신경이 쓰일 터였다. 곧 강원도로 떠난다 쳐도.

"근데, 형이 바로 줘서 좀 놀랐어."

그렇게 말한 지오는 자세를 되돌려 맞은편에 앉은 우찬을 바라보았다. 더위가 버거운 듯 얼굴을 찌푸리고 있었다. 목소리에도 은근한 짜증이 묻어 났다.

"너도 알잖아. 공기탱크 그거, 꼭 필요한 것도 아니라니까……."

말끝을 흐린 우찬은 느닷없이 다른 이야기를 꺼냈다.

"난 네가 재네들 돕는 게 더 이해가 안 가."

"무슨 소리야?"

"너, 내가 누나 무덤 보러 올 때마다 항상 그랬잖아. 예전 일을 왜 신경 쓰냐고."

"재는 자기 기억 찾을 때까지만 살아 있기로 한 거잖아. 그러면 예전 일도 지금 일이 되는 거지."

"그렇게 따지면 유안 누나도 지금 문제다, 임마. 너 원래 논리 대로면 재가 기억을 찾겠다는 것부터가 아무 의미도 없어. 그렇지 않냐. 이제 와서 어쩔 건데. 그냥 그러려니 하고 넘어가야 될 일이지."

"그런가?"

"내가 몇 번을 말하냐. 사고는 예전에 났어도 사람 마음속에서 끝이 안 난다니까."

우찬은 혀를 쯧 차고서는 수평선 너머로 시선을 던졌다.

"예전에는 무덤도 남산으로 옮기고 유품도 다 모으면 잊을 수 있을 거라고 생각했거든. 그런데 어느 순간부터 이게 맞나, 싶은 거야. 지금까지 그래 왔으니까 계속 하긴 하는데, 그러면서도 묻게 되는 거지. 이러면 끝나나, 하고."

"당연히 안 끝나지. 그런다고 누나가 살아서 돌아오는 거 아니잖아."

"네가 아는 건 다른 사람도 다 알아, 임마. 나도 알고. 그래서 강원도에 가 보려는 거야. 아예 물을 떠나서 살면 잊을 수 있지 않을까 해서."

지오는 고개를 끄덕였다. 우찬이 그 일을 잊으려 노력하고 있다는 것쯤은 알았다. 아예 모르는 곳에서 모르는 사람과 살아가는 게 쉬운 일은 아니겠지만, 그렇게라도 홀가분해지면 좋은 거지. 유품을 모으는 것보다 여기를 떠나는 게 더 현명한 대안처럼 들렸다.

"강원도 가기 전에 삼촌이랑 화해하고 가면 좋을 텐데. 아직도 싫어?"

"싫지. 싫을 수밖에 없는데, 예전이랑은 다른 느낌인 것 같기도 하고."

우찬은 이어질 말을 망설였다.

"그 이후로도 생각을 계속 해 봤어. 그런데 누나 선택일 수밖에 없다는 결론이 나오더라고. 누나가 여기서 살기 싫어한 건 맞거든. 그 인간도 그 인간이지만."

"잠깐, 알면서도 삼촌 탓이야?"

"아니, 이해가 안 가서 하는 소리야. 먹이지 말랬다고 약을 진짜 안 먹이는 게 가능해? 눈앞에서 사람이 죽어 가는데, 아파서 헛소리를 하는구나, 하고 일단 입에 뭐라도 밀어 넣는 게 제대로 된 반응 아니야?"

하기야 그랬다. 원수지간이어도 일단 물에 빠져서 허우적대는 꼴을 보면 꺼내 주기 마련인데, 친한 사람이 천천히 죽어 가는 걸 지켜보는 게 쉬운 일일 리 없었다. 우찬이 이어 말했다.

"이제 삼촌 탓은 안 해. 그렇게 오래 물에 빠져 있었던 사람이 약을 먹었다고 살았을 것 같지도 않고, 나도 그땐 화풀이를 했던 것 같아. 그런데 어쨌든, 왜 그랬는지는 여전히 모르겠으니까 답답하고 짜증스럽지. 이제 와 대놓고 물어볼 수도 없고……."

뭐라 답할 말이 떠오르지 않았다. 지오는 시선을 피하듯 배의 오른편을 바라보았다. 고리에 묶인 잠수용 밧줄은 물결 속에서 흐려지다가 끊긴 것처럼 보였다. 팔을 뻗어 물속에서 밧줄을 움켜쥐었다. 뚜렷이 보이진 않아도 까끌까끌하고 단단한 느낌만큼은 분명히 전해졌다. 빛 아래 형체를 잃은 것들이 여전히 거기에 있었다.

*

수호는 선율의 뒤를 쫓으며 최대한 많은 것을 눈에 담으려 애썼다.

노고산에서 수영을 배우는 동안 서울의 풍경에는 익숙해졌다고 생각했는데, 지금껏 살아온 동네를 이런 식으로 다시 마주하자니 이상한 느낌이 들었다. 현실감이 없다고나 할까. 사후세계라도 들여다보는 기분이었다. 수호는 그게 단순히 비유만은 아닐 거라고 생각하면서 무릎과 허리를 구부렸다가 다시 폈다. 그 반동으로 몸이 아래로 향했다. 오래전에 죽은 시간들이 한결 가까워졌다.

익숙한 도로와 건물이 청람색 물 아래 굳어 있었다. 십 차선 대로를 사이에 두고 높다란 아파트 단지가 양옆으로 늘어선 게 보였다. 각각의 구획은 일그러진 사각형 모양이었다. 거기에 담겨 있을 사람들을 떠올리자니 개미가 모두 사라진 젤리 개미집을 파고드는 느낌이었다.

초등학교에 들어가기 전에 개미 양육 키트를 샀다가 세 달만에 버린 적이 있다. 그런 키트는 로봇 강아지보다는 싸고 진짜 강아지보다는 덜 귀찮다는 이유로, 그래도 여전히 '진짜'라는 이유로 수십 년째 완구 코너에서 항상 한 자리를 차지했다. 죄책감 없이 내버릴 이유가 그만큼 많다는 뜻이었다. 새파란 투명 젤리를 갉으며 땅굴을 만드는 모습이야 신기하지만, 구경거리가 그것뿐이라면 질릴 수밖에 없었다.

수호는 서울을, 서울에 살던 사람들을, 그리고 인간 양육 키트의 주인을 상상했다. 일흔 살 먹은 할아버지도, 자라나는 아이들도, 작고 부드러운 살덩어리로밖에는 보이지 않을 그 누군가를. 만약 그런 게 실제로 있다면, 이 나라의 반절이 물에 잠긴 것도 그 때문이라면, 세상의 모든 고통은 원래부터 이토록 초

라했던 게 아닐까 싶었다. 그렇게 믿어야 마음이 편했다. 미사일이 날아다니고 댐이 무너지면서 도시를 휩쓰는 장면을 눈앞에 그리기보다는.

뉴스로만 보았던 화제들이 머리 뒤편에서부터 빠르게 풀려나왔다. 세종시로 옮겨 가는 정부 청사와 뚝뚝 떨어지는 서울 집값은 물론이고 세 번째 세계 대전마저 사소하게만 느껴지더니 그러면 자신의 평생은 또 어땠을지 궁금해졌다. 2042년의 지구에는 육십칠억 명의 인간이 있었으므로 불행도 그만큼 있을 터였다. 따라서 살아남은 사람들의 십오 년에 비하면 자신이 잠들어 있던 시간은 오히려 행운이 아닐까, 싶다가도 그건 또 아닌 것 같았다.

괴로움의 행렬에서 자신의 위치를 찾던 수호는 이내 부모님을 떠올려 냈다. 어머니도, 아버지도 좋은 사람들이었다. 바쁜 탓에 얼굴은 자주 보지 못했지만 딸을 끔찍이도 사랑했다. 딸을 어찌나 사랑했는지 기계로 다시 되살렸다. 정작 그 딸은 그걸 원하기는커녕 진절머리나게 싫어했는데도.

그래서인지 그들이 서울과 함께 가라앉았을지도 모른다고 생각하면 약간은 슬펐지만 그립지는 않았다. 추억이 되었어야 할 시간은 공백으로 남아 있으니까. 그 공백은 부모님이 일부러 만든 것일 수밖에 없다는 생각이 계속 들었다. 딸이 예상보다 늦게 죽었건, 갑자기 쓸모가 없어졌건 간에, 2042년의 부모님은 2038년 이후의 수호가 필요하지 않았던 것이다.

— 여기 맞지?

선율의 목소리에 수호는 생각을 멈추고서 앞을 바라보았다. 몸체가 두터운 직육면체들이 새파란 도화지에 먹을 묻히듯 서 있었다. 어설픈 동판화의 각 부분을 뜯어보던 수호는 이윽고 오른편 아래에서 익숙한 숫자를 발견했다. 1103동. 이번에는 자신이 방향을 잡을 차례였다. 물을 박차듯 무릎에 강하게 힘을 주면서 아래로 파고들었다. 선율과 수호를 잇던 밧줄이 일순 팽팽해지더니 둘 사이에 적당한 거리를 만들었다.

— 1층이야?

선율이 물었다. 바닥에 거의 가까워질 즈음이었다.

— 아니, 503호. 5층 왼쪽 집이야.

— 그러면 여기까지 내려올 필요가 없지.

선율은 그렇게 말하고서는 위로 솟구쳤다. 함께 딸려 올라가면서, 수호는 입구로 들어가지 않아도 괜찮다는 사실을 재차 깨달았다. 사 층에서 바로 거실 창문을 깨면 그만이었다. 하지만 또래 여자애가 소형 드릴을 익숙한 자세로 창에 가져다 대는 모습은 아무리 봐도 낯설었다.

— 안에도 물이 차 있는 걸 보면 수압 걱정은 안 해도 되겠네. 어딘가 창문이 열려 있거나, 아니면 틈이 있거나 할 텐데. 일단 베란다는 잠겨 있고…… 여기 살던 거 맞지?

선율은 그렇게 물으면서 드릴의 버튼을 눌렀다. 지이잉, 소리가 이불 수십 겹에 파묻혀 있는 것처럼 둔하게 들렸다.

— 응. 이사는 안 갔나 봐. 크게 바뀐 것도 없고.

창문에 둥근 구멍이 생겼다. 팔뚝은 충분히 들어갈 크기였다. 가까이 다가간 수호는 구멍 안으로 손을 밀어 넣은 뒤 손목을 꺾어 잠금쇠를 풀어 냈다. 선율은 수호가 물러서기까지 기다렸다가 베란다 문을 열었다. 물의 흐름이 미묘하게 변했다.

— 보자, 지금 공기가…… 십오 분 안에 둘러볼 수 있어?

— 집에 별것도 없는걸. 두 분 다 평소엔 자기 직장 근처에서 살다가 주말에만 오셨거든. 주말 부부도 아니고 주말 가족이지. 아주 어릴 때부터 그랬어.

— 그러면 여기 너 혼자 살았다는 거야? 어릴 때부터?

— 아니, 살림하시는 아주머니가 한 분 계셨어. 말 상대 해 주는 스피커랑…….

연속극에 나오는 재벌까지는 아니더라도 돈은 많은 집이었다. 부모님은 그럴듯한 IT 기업의 임원이었고, 영상 통화조차 뜸할 정도로 바빴다. 딸이 병원에 입원한 후에도 마찬가지였다. 그러면서까지 일군 삶은 이제 물에 잠겨 있었다. 노력도, 인내도, 모든 결실도 한순간에 이렇게 되었다는 생각을 하니 얄궂은 느낌이 들었다.

— 부모님이 날 엄청 걱정했거든.

수호는 모든 소회를 한 줄로 정리하고는 열린 창문을 통해 집 안으로 몸을 밀어 넣었다. 뒤따라 들어온 선율이 랜턴을 켜자 발코니와 거실 사이를 가로막는 유리창에 둥글게 빛나는 원이 떠올랐다. 일부러 바닥을 밟고 선 수호가 거실로 통하는 내창을 열었고, 천천히 고개를 돌리며 집 구조를 복기했다. 거실 양옆으로는 방이 두 개 있다. 오른쪽의 것이 조금 더 큰데 자신의 침실은 왼쪽의 것이다. 현관과 직교해서 놓인, 기다란 테이블이 거실과 주방을 나누고 있다. 주방 뒤편에는 방이 하나 더 있다. 거기는 아주머니가 지내는 곳이다……

—부모님은 제일 큰 방 쓰시거든. 거기부터 가 볼까 싶은데.

—부모님?

선율이 불안한 어조로 그 단어를 되풀이했다.

—괜찮겠어?

—왜?

—아니, 하지만…… 나랑 다니면서 죽은 사람들도 많이 봤잖아. 그래서.

무슨 말을 하려는지 감이 잡혔다. 부모님이 돌아가신 걸 두 눈으로 직접 확인하면 심란할 텐데, 그래도 괜찮겠냐는 거겠지. 하지만 그럴 일은 없을 확률이 컸다. 집에 가만히 앉아 물에 휩쓸릴 사람들도 아니거니와 만약 돌아가셨다면 주검은 판교에 있을 확률이 더 높았다. 적어도 일주일에 닷새는 거기에서 살았으니까.

— 아까 말했잖아, 주말에만 오셨다고. 아마 여긴 아무도 없을걸.

수호가 안방으로 들어서자 선율이 랜턴을 비춰 주었다. 빛줄기를 중심으로 방이 한결 밝아졌다. 탁자나 침대처럼 무거운 가구는 간신히 제자리를 유지했지만 그보다 가벼운 소품들은 곳곳에 어질러져 있었다.

바깥에서도 비슷한 모습은 수없이 봤지만 살던 집이 이렇게 변해 있으니 느낌이 묘했다. 고색창연한 비유지만 꿈속을 헤매는 느낌이라는 말로밖에 설명할 길이 없었다. 누군가가 머리를 잡고 세게 흔든 탓에, 생각이고 기억이고 모두 엉망이 되어 버린 것이다.

수호는 물건을 하나하나 살펴보았다. 홀로그램 영상 상영기 같은 신형 전자 제품이 있는가 하면 목제 턴테이블도 보였다. 누군가의 취향이라기에는 이상하리만치 통일성이 없었다. 부모님이 이런 걸 좋아하셨던가, 궁금해질 정도로.

마지막으로 시선이 붙들린 곳은 태블릿 컴퓨터였다. 무슨 메일이 오갔는지, 영상 통화의 마지막 상대는 누구였는지, 클라우드 저장소에 어떤 사진들이 있는지 보고 싶었다. 하지만 그런 순간들은 까맣게 죽은 액정 너머에도 없을 터였다. 선율은 화면을 천천히 쓸어내리다가, 손을 뗐다.

— 전원만 들어와도 좋을 텐데.

— 전자 제품이야 거의 망가져 있지. 밀봉된 거 아니면 건져오지도 않는다고.

— 저장된 내용을 볼 수 없어서 아쉽다는 거야. 사진도, 했던 얘기도, 모두 거기 담겨 있으니까.

— 아.

선율이 새삼 깨달았다는 듯 고개를 끄덕였다.

— 그렇구나.

수호는 휘발성 기억을 그 자리에 두고서는 방을 나섰다. 선율의 목소리가 헬멧 안쪽에서 울렸다.

— 어떤 느낌인지 알아. 어른 중에, 예전에 쓰던 휴대폰이 아예 벽돌이 되어도 못 버리고 가지고 다니는 사람들 많거든. 그러면서 생각날 때마다 전원 버튼을 길게 누르는 거야. 한 번이라도 불이 다시 들어왔으면 좋겠대. 근데 난 모르겠어.

— 모르겠다니, 뭐가?

수호가 되물었다.

— 휴대폰이 암만 좋아도 전기가 끊기면 다 없어지잖아. 그러니까, 그만큼 소중한 거였으면 직접 인쇄해서 가지고 다녀도 되지 않아? 그래서 가끔 이런 생각을 해. 예전에는 멀쩡한 물건도 버렸다던데, 추억도 그만큼 덜 소중했던 건가, 하고.

— 그 사람들이 소홀해서 추억을 잃어버린 건 아니야. 기계들이 너무 일을 잘했을 뿐이지. 그것도 보이지 않는 곳에서.

수호는 그렇게 말하면서 순진하게까지 들리는 광고 문구를 떠올렸다. 본사의 검증된 클라우드 스토리지 서비스는 전 세계 56개국에 분산된 서버에 귀하의 데이터를 저장하며……

— 그냥, 그런 세상이 있었던 거지. 없어진 것도, 아주 먼 곳에 있는 것도 눈앞에 다시 불러낼 수 있었던 세상이. 그게 너무 당연해서 만질 수 있는 무언가를 간직할 필요가 없던 세상이.

— 으음.

석연찮은 신음이 돌아왔다.

— 그때 살아 봤어야 알 거 같은데.

— 아무래도 그렇겠지.

수호는 고개를 끄덕이고서는 거실을 가로질러 자신의 방으로 향했다. 카페트에 뿌리를 내린 물풀이 고운 털실처럼 발을 감쌌다. 부드럽고 미끄러웠지만 가슴 언저리가 조여 오는 느낌이 들었다.

방문은 조금 열려 있었다. 문고리를 밀자 문틈이 벌어지면서 어둠 속에 박힌 청람색 사각형이 모습을 드러냈다. 한쪽 벽의 절반을 차지하는 창문이었다. 희부연 빛이 창틀 언저리에서부터 넘실거리며 방 전체를 창백한 색으로 물들이 고 있었다.

방은 바뀐 부분도 있었고 그대로인 부분도 있었다. 침대는 익숙했지만 실내 사이클 기구는 낯설었다. 줄이 다 끊어진 일렉 베이스가 앙상한 심해어처럼 날았고, 유화 물감들은 멸치

떼 같았다. 그밖에도 눈길을 끄는 물건은 많았다. 로봇 고양이, 어느 가수의 시그니처 마크가 양각된 홀로그램 영상 상영기, 드론 조종기.

꿈에만 남겨 두었던 걸 퇴원한 다음부터 하나씩 건드려보기 시작했구나, 하고 넘기기에는 어딘가 이상했다. 어울리는 게 아무것도 없었다. 심지어 어떤 건 포장을 뜯지조차 않았다. 부모님의 방에서 느꼈던 것과 똑같은 위화감이 뇌리를 울리며 질문들을 남겼다. 수호는 묻기 시작했다.

퇴원한 다음의 삶이 내게도, 부모님에게도 좋지 않았다면 어떨까?

기대가 실망으로 변한 다음에는, 뭐가 남지?

그때 사람들은 어떻게 하지?

—**수호야, 이거, 너, 이거…….**

문득 떨리는 목소리가 헬멧을 통해 전해졌다. 수호는 멍한 기분 속에서 선율의 곁으로, 침대 앞으로 다가갔다. 랜턴 불빛이 가까워지자 인형에 가려진 검은 덩어리가 윤곽을 드러냈다. 수호는 잠시 굳어 있다가 다급히 이불을 벗겨 냈다. 또 다른 자신이 거기에 누워 있었다. 어깨 아래가 우그러지듯이 뜯겨 나가서, 머리만 남은 채로. 이불이 평평하게 보였던 건 감쌀 몸이 없어서였겠지.

수호는 자신의 얼굴을 빤히 응시하다가 고개를 돌려 방을 천천히 둘러보았다. 위화감의 정체가 이제야 이해가 갔다. 부모님이 그간 쌓인 데이터를 두 번째 몸에 물려주는 대신 원했던 시절의 기억을 쓴 이유도 알 듯했다. 수호는 머리를 들어 품에 안은 채 선율을 바라보았다. 지금 떠오른 생각을 털어놓지 않으면 견딜 수 없을 것만 같았다. 어떻게든 반론을 듣고 싶었다. 최소한 이해할 수 없다는 이야기라도 들었으면 했다.

— 아, 그래……. 예전 사람들이 컴퓨터에만 추억을 맡긴 게 이해 안 된다고 했었지. 이제 설명할 수 있을 것 같아. 컴퓨터에 있는 것들은 마음대로 수정할 수 있으니까, 언제든지 삭제했다가도 복구할 수 있으니까, 그래도 여전히 진짜 같으니까 그랬던 거야. 봐, 나도 그렇잖아. 서울이 물에 안 잠겼으면 이대로…… 이대로 여기서 계속 살았을 텐데. 다른 기계가 있다는 건 상상도 하지 못한 채로.

선율의 표정이 복잡해졌다. 대답이 돌아온 건 꽤나 긴 침묵이 흐른 뒤였다.

— 그래도…… 그건 아니지.

— 왜?

— 나도 추억이 뭔지는 알아. 그건 우찬이 모으는 유안 언니 물건 같은 거야. 이제 끝나서 어쩔 수 없는 거. 그냥 옆에 두면서 들춰 보기만 할 수 있는 거. 그런데 너는 아니잖아. 너는 스스로 생각하고 계속 변할 거잖아.

단어를 쏟아 내던 선율은 수호가 어디론가 도망치기라도 할 것처럼 양손으로 어깨를 꼭 붙들었다.

— 그러니까, 네 부모님이 널 계속 보고 싶어서 만들었다고 해도, 널 그렇게 대하면 안 됐던 거야.

고민을 몰아내기에는 너무 순진한 이야기였지만, 그게 어쩐지 위안이 됐다.

수호는 엷게 웃었다.

끝과 시작

수호는 서울에서 돌아오자마자 곧바로 두 몸을 연결했다. 작업실에 있는 건 지오와 선율뿐이었다. 삼촌은 아직 둔지산에 남아 있었고, 우찬은 갈대밭 쪽에 가 있었다.

*

병원을 떠나면 곧바로 남들이 사는 세상에 발을 디딜 수 있을 것만 같았다. 예전에는 그렇게 믿었다. 사실은 계속해서 가까워지기만 하고, 그 안으로 완전히 들어가지 못하는 시간이 계속될 뿐인데도. 그건 테이블 위의 머핀을 향해 날아들던 새가 깨끗한 유리창에 부리를 박고 나가떨어지는 것과 같은 일이었다. 보이지 않아도 느껴지는 경계면이 있었다. 억지로 뚫으려고 하면 자신이 먼저 부서질 것 같은 경계가.

"삼촌, 이제 나한테 뭐 마실 거냐고 물어보지도 않는다?"

"아."

경은 눈을 끔벅이다가 겨우 말뜻을 이해했다.

"너 물도 못 마시잖아."

"기분 문제지."

짧게 대꾸한 수호는 테이블에 가서 앉았다. 휴대폰 화면을 켜자마자 부재중 전화 표시가 산더미처럼 쌓인 게 보였다. 그 밑에 푸시 알림으로 뉴스 한 줄이 날아들었다. 중화 연방과 러시아 사이에서 벌어진 전쟁이 점차 격화되고 있다는 소식이었다. 인도까지 카드를 만지작거리고 있다고 했다. 이번에는 규모가 크긴 했지만, 흔한 일이었다. 이 시대에는 그런 일이 정말로 흔했다.

고립되고 가난한 시대였다. 2010년대 초중반부터 시작된 저금리 기조와 대규모의 양적 완화는 세계 경제에 잠시나마 활력을 불어넣었지만 얼마 지나지 않아 그 효력이 다하고 말았다. 대공황을 거치고 기나긴 침체의 늪을 빠져나오자마자 기후학자들의 예언이 사실로 닥쳐왔다. 거의 모든 나라가 수몰을 막기 위한 토건 사업에 뛰어들었다. 건설사들의 주가가 오르는 동안 모두의 삶은 빠르게 피폐해졌다. 인천국제공항과 광저우의 거래처와 하노이의 공장이 물에 잠겼고 글로벌 공급 체인은 구시대적인 농담이 된 지 오래였다.

혼란스럽고 끔찍한 시대였다. 바다는 날로 높아졌으며 해일과 폭풍우가 해안가의 원전들을 강타했다. 중화연방에서는 싼샤 댐이 무너지면서 수천만이 급류에 휩쓸렸다. 유럽은 수몰을 막기 위해 해안선을 에두르는 거대한 댐을 건설했다. 남부 뭄바이의 언덕들은 섬으로 변했고 원래부터 섬에 살았던 사람들은 어쩔 수 없이 떠났다. 수억 명의 난민이 바다를 가로지르다가 땅에 닿지 못하고 죽었다. 그러는 동안 남은 땅들은 말라붙고 갈라졌다.

인간은 너무 많고 땅은 너무 부족한 시대였다. 메마르거나 가라앉지 않은 땅, 농사를 지을 수 있는 땅, 무언가를 캐낼 수 있는 땅이 그 무엇보다도 중요해졌다. 탄소 배출권과 신용등급과 경제 제재는 언제라도 포기할 수 있는 거짓말이 되었으므로 오직 땅뿐이었다. 거대한 나라들이 접경 지역을 두고 맞붙은 것은 필연이었고 미사일이 허공을 가르는 것도 당연했다.

그리고?

수호는 이런 일들에 신경 쓰지 않기로 했다. 지구에는 너무 많은 사람이 살고 있었다. 역사와 함께 숨 쉬고 있지만 역사가 되기에는 부족한 사람들이. 수호도 그들 중 하나였다. 아니, 애초에 사람조차 아니었다. 주민 등록상 사망 처리가 된 탓에 (수술이 잘 안 되었다고 했다 — 딱히 놀라운 일은 아니었다.) 휴대폰 번호가 나오지 않았던 것이다.

한국에서 사람이 되기 위해서는 주민 등록 번호가 필요했다. 그런데 기계 인간에게는 기기 일련 번호만 있었지 주민 등록 번호는 없었다. 관련 법안은 번번이 국회 문턱에 올랐다가 떨어졌다. 누구를 대상으로, 무슨 기준으로 주민 등록 번호를 부여해야 할지 의견이 모이질 않았던 것이다. 위험성을 걱정하는 의견도 많았다. 주민 등록 번호를 받은 기계 인간이 인간 자격으로 비행기에 탔다가 테러리스트로 돌변하면 어쩔 텐가. 소지품 검사로도 안전을 보장할 수가 없는데.

그래서 수호는 어머니 명의를 빌려 쓰고 있었다. 죽은 사람이 가족의 이름을 뒤집어쓰고 거리를 돌아다닌다니, 오래된 일본의 미스터리 소설 도입부 같다. 문제는 이 삶이 그만큼 멋지지도 볼 만하지도 않다는 점이지만.

게다가 자기 학교에 오면 밥을 사 주겠다던 과외 선생님은 커피 한 잔도 묻지 않았다. 이해는 해도 달가울 리가 없다. 사소한 푸념을 속으로 늘어놓고 있자니 경이 테이블로 돌아왔다. 퉁명스러운 목소리와 함께 그림자가 불쑥 화면을 덮었다.

"뭐 보냐?"

수호는 손목을 꺾어 경에게 뉴스를 보여주었다. 경의 얼굴에 묘한 기색이 일었다.

"아, 맞다. 옆에 전쟁 났지. 이거 삼차 세계 대전인지 뭔지 되는 거 아닌가 몰라."

"전문가들 말로는 그럴 가능성 크대. 그래도 다큐멘터리 보니까 전쟁 난다고 바로 사람 죽는 건 아니더라. 그때도 학교 가고 공장 다니고 그랬다던데. 당장 한국에서 싸우는 것도 아니고……."

"그러면 안 되지. 여의도에 미사일 하나 떨어져야 하는데."

"아니, 왜?"

"여의도에 은행들 본사 있잖아. 나 이거 빚 갚으려면 막막하다. 병원비에 이자 빼면 잔고가 0이고 밥 먹으면 마이너스야."

"밥 안 먹으면 되겠네. 나는 아무것도 안 먹고 사는데."

"별 이상한 소리를……."

경의 표정이 갑자기 어두워졌다.

"야, 나 진짜 밤마다 이런 생각해. 세상이 다 망해 가지고, 이런 걱정 할 필요도 없고…… 그냥 하루하루 밥만 먹다가 깔끔하게 인생 끝나는 거야. 그러면 얼마나 편하고 좋겠냐."

채수호가 죽은 지도 삼 년이 지났다. 그 삼 년은 경에게도 힘든 시간이었다. 친한 과외 학생이 죽어서 마음이 힘든 게 아니라 말 그대로, 물리적이고 경제적인 문제로 힘들었다.

희 아주머니는 수호의 전철을 밟기 시작했다. 재발, 재발, 재발. 원래부터 아버지는 없고 어머니 혼자서 음식점을 꾸리면서 지탱해 온 집안이었다. 경은 늘어만 가는 병원비를 감당하지 못하고 석사를 수료하자마자 취업 전선에 뛰어들었다. 중견 회사의 연구직이었다. 친척들에게는 떳떳하게 명함을 내밀 수 있을지라도 통장 앞에서는 떳떳하지 못했다.

경은 자신의 삶이 어떻게 되어 가는지 도무지 모르겠다고 했다. 원래는 박사까지 따고 취직해서, 효자 노릇 좀 해 볼 계획이었는데 이도 저도 아니게 되었다는 거였다. 취직이야 했고 병시중도 들지만, 앞으로도 병원비를 댈 테지만 자신이 효자라고 느껴 본 적은 없다고 했다. 타성이지. 타성으로 살아 있는 거지. 엄마도, 나도. 사실 이렇게 아등바등 달리면서도 뒤로 밀려날 수밖에 없다면 그냥 주저앉아서 낭떠러지로 굴러떨어지는 게 옳다고 생각은 하는데, 그럴 수가 없는 거지. 이것만 견디면 된다는 희망이 괜히 사람을 괴롭히는 거야…….

"내가 죽어 봐서 아는데, 죽는 게 그렇게 나쁜 일은 아니더라."

수호는 괜스레 농담을 던졌다.

"네가 그렇게 말하면 내가 뭐가 되냐."

엄지로 관자놀이를 짚은 경은 한숨을 훅 내쉬고는 주제를 돌렸다.

"맞다, 어머니가 연락하셨다."

"우리 엄마?"

그렇게 되묻기야 했지만 이유는 이미 알고 있었다. 집을 나와서 며칠째 거리를 돌아다녔던 것이다. 머리를 감을 필요도, 목욕을 할 필요도, 뭔가 먹을 필요도, 심지어는 잠들 필요도 없었으므로 어려운 일은 아니었다.

"수호가 집에 안 들어오는데 소식 아냐고 하시더라."

경은 심드렁한 태도로 음료 컵을 기울였다. 윗면이 움푹 파이도록 녹은 얼음은 작은 컵이 되어 그 안에 다시 커피를 담고 있었다.

"야, 기왕 다시 살아났으면 잘해야 할 거 아니냐. 못 해 본 것도 많이 하고, 여행도 가고. 가출이나 하는 게 아니라."

"가출은 무슨 가출, 나도 이제 나이가 있는데. 그냥 성인이 집 밖에서 며칠 보낸 걸 가지고. 그것도 엄마 아빠 입장에서는 딱 이틀 없었던 거야. 두 분 다 주말에나 오시니까. 오늘 일요일이잖아."

"부모님 집에 얹혀 사는 애가 이틀 안 들어가면 그게 가출이지 뭐가 가출이냐. 내 말은, 너희 집 어차피 잘사니까…… 하고 싶은 거 마음껏 하면서 살라는 거야."

그 말을 끝으로 침묵이 길어지던 와중에 경이 손끝으로 테이블을 두드리기 시작했다. 스스로도 실수다, 싶었던 모양이었다.

"어떻게 삼촌까지 엄마 아빠랑 똑같은 소리를 해. 완전히 배신당한 기분이네."

수호와 경은 의미 없는 문장들을 늘어놓다가 저녁이 다 되어서 헤어졌다. 저녁을 먹을 수도, 술을 마실 수도 없었으니 당연한 일이었다. 경은 희 아주머니를 보러 병원에 갈 예정이었고, 수호는 집으로 돌아가기로 했다.

택시를 기다리는 동안 근처의 팬시 잡화점에서 물건을 구경하다가 도자기로 된 돼지를 하나 샀다. 점토를 조약돌처럼 둥글게 뭉친 다음 거기에 코와 귀를 붙여서 구운 물건이었다. 행운을 불러온다는 설명이 그 옆에 중국어와 일본어로 적혀 있었다.

"경이 삼촌, 이거 선물. 아주머니 빨리 나으시라고. 이런 거 좋아하시잖아. 예전엔 복 고양이도 병실에 두셨고."

돼지를 받아 든 경은 그걸 한참이나 만지작거리다가 주머니에 넣었다.

"병원 들를 때 전해 드릴게. 고맙다."

그쯤에서 택시가 왔다. 손 인사를 나누고 차에 올라타자마자 들뜬 기분이 단번에 날아가고 머리가 차갑게 식었다. 창밖에는 소음이 가득했고 노을이 샴페인처럼 터져 올랐다. 영화에 나오는 파티 장면 같았다. 모두가 살아 있었다. 전쟁의 기운이 이 작은 나라로까지 손을 뻗고 경의 상상처럼 미사일이 여의도를 부술지라도 누군가는 살아갈 것이다. 살기를 바랄 것이다.

그런 마음을 상상하려 애썼지만 아무것도 떠오르지 않았다.

예전에는 그게 마냥 당연했다는 사실만이 덜 닦인 찌꺼기처럼 남아 있었다.

서울을 하염없이 걸을 수만 있다면 행복할 거라고 생각하던 시절이 있었다. 사진 속에 직접 발을 들이는 꿈을 수십 번은 꿨다. 기계 인간으로 되살아난 뒤에는 내심 신이 난 것도 부정할 수는 없었다. 아니, 사실은 시술을 받으면서 줄곧 투덜거렸던 게 미안할 정도로 마음에 들었다. 통증이 사라진 것만으로도 세상이 이토록 달라져 보인다는 사실이 놀랍기도 했다.

처음 몇 달은 이것저것 하면서 지냈다. 외발 자전거에 도전해 보거나, 가장 앞자리에서 공연을 보거나, 아니면 풀밭에 앉아 해가 뜨고 지는 모습을 지켜보거나. 부모님과도 잘 지냈다.

하지만 그러다가도 가끔은 소소한 간극이 거슬리는 날이 있었다. 비행기를 타려면 배터리를 뺀 채 화물칸에 몸을 실어야 한다는 것. 관광지의 식당에서 아무것도 먹지 못한다는 것. 균형 보조 프로그램의 성능이 너무 좋았던 덕분에 외발 자전거 연습은 하지도 못했다는 것. 연습할 필요가 없었다는 것.

그럴 때마다 수호는 현실과 자신 사이에 놓인 투명한 막을 느꼈다. 상상보다 비참하거나 상상보다 훌륭한 현실이 저 너머에 있었다. 저 너머에, 곧바로 보이지만 자신은 결코 가닿을 수 없는 곳에. 그리고 그 너머의 사람들도 수호가 있는 곳으로 오지 못하기는 마찬가지였다.

한번은 여행을 가자는 말에 시큰둥한 반응을 보이자 엄마의 미간이 묘한 간격으로 좁아졌다. 병원에서의 기억을 떠올리며 투덜거릴 때에도 그랬다. 수호는 그게 무슨 표정인지 알고 있었다. 에어컨이 더운 바람을 쏟아 냈을 때, 로봇 청소기가 카펫을 집어삼켰을 때, 승강기가 점검으로 멈춰 섰을 때 엄마는 그렇게 얼굴을 찌푸리곤 했다. 비슷한 기억은 수없이 많았다.

그런 순간이 뭉쳐 구체적인 의심이 된 날부터 수호는 자신의 기능이 무엇일까 자문하기 시작했다. 항상 웃고, 씩씩하게 돌아다니고, 말을 잘 듣는 것. 화도 싫증도 내지 않고 영원히 햇살 아래에서 반짝이는 것. 미래도 과거도 묻지 않고 모든 시간에서 한결같은 것. 그건 딸의 기능이 아니었고 사람의 기능도 아니었다.

거기에서부터 다시 질문이 늘어났다. 절전 상태에 들어갔다 나오더라도 나는 여전히 나일 수 있을까. 코드를 고쳐서 버그를 수정하듯 내 마음도 그렇게 바뀌는 게 아닐까. 불만은 한순간에 잊고 무엇이든 좋게만 받아들이도록. 어쩌면 이런 질문을 던지는 것부터가 버그일지도 모른다. 착한 딸 기계가 오작동을 시작한 것이다.

수호가 방에 틀어박히자 아빠는 점검을 받아 보자고 했다. 아빠는 내가 기계로 보여? 하지만 병원에 갈 수는 없잖니. 그냥 검사를 받자는 거야. 혹시 모르니까. 언젠가는 부모님 컴퓨터를 쓰다가 메신저에 재설치 이야기가 남아 있는 걸 발견한 적도 있었다. 기억을 잘라 낼지, 말지 하는 내용이었다.

대화는 시간을 두고 기다려 보자는 쪽으로 결론이 났지만 가만히 있을 수는 없었다. 대판 싸움이 났다. 부모님은 그냥 지나가듯이 해 본 이야기라고, 정말로 그럴 마음은 없었다고 사과하다가 끝내는 속내를 털어놨다. 점검을 받기도 싫다, 이야기하기도 싫다 하면 자신들이 할 수 있는 게 뭐가 있겠냐고 했다.

기억을 지우는 건 할 수 있는 일이라는 거야?

수호는 그대로 집을 뛰쳐나가서 나흘간 돌아오지 않았다. 그 후로도 비슷한 일들이 반복됐다. 부모님과, 그리고 삶과 화해해 보려는 노력은 언제나 희망만큼의 실망을 데리고 돌아왔다. 그러면서 즐거웠던 것들도 빠르게 빛을 잃었다. 이제 죽을 이유는 사라졌지만 살아갈 이유가 부족했고, 남은 기대감은 아주 적었다.

그럼에도 수호는 여전히 살아 있었다.

삶은 어떤 식으로든 끔찍했지만 어떻게든 계속되기도 했고, 둘 사이에는 절묘한 균형이 있었다. 당장에라도 모든 걸 끝내 버릴 것처럼 진저리를 내다가도 결국에 내일을 마주하는 균형이. 거기에 이름을 붙이지는 않기로 했다. 그게 희망이든 타성이든 이제는 아무 상관 없었다.

"수요일에 얘기했잖아. 일요일에 뮤지컬 보러 가자고."

집에 돌아와 거실에 발을 들이자마자 엄마 목소리가 들렸다. 줄곧 울고 있었던 듯 목소리가 축축했다. 그런 제안이 있었다는 건 기억하고 있었다. 엄마가 관계를 재건하려고 애쓰고 있다는 것도 알았다. 하지만 싫었다.

"아, 그랬지. 지금 끝났겠네."

수호는 무표정한 얼굴 아래로 심술궂은 상상을 떠올렸다. 그게 싫어서 연락을 받자마자 집을 뛰쳐나왔다고 말하면 엄마는 어떻게 대답할까? 울거나 화를 낼까? 아니면 괜찮다고 답할까?

"내가 가겠다고 한 적 없는 거 알지. 자기 마음대로 할 일 정하지 말라고 했잖아."

"부탁했잖아. 공연이든 전시든 같이 한 번만 가자고. 저번엔 비행기표도 취소해야 했고……."

엄마는 옆에 와서 앉으라는 듯 손바닥으로 소파를 가볍게 두드렸다. 수호는 못 본 척 거실을 맴돌았다.

"모르겠어. 다 재미없고 그래. 하루도 쓸데없이 길고."

"막 퇴원했을 때는 뭐든 하고 싶다고 그랬으면서."

"그때는 그때고 지금은 지금이지. 그냥 내버려 두면 안 돼? 내가 꼭 뭘 해야 하는 거야?"

그 말을 내뱉은 순간 머리 저편에서 비상 경보가 윙윙 울렸다. 이런 식의 대화는 언제나 비슷한 결말을 맞곤 했다. 모두가 똑같은 말을 바락바락 외치기 시작하는 것이다. 내가 원한 건 이게 아니었다고. 네가 나한테 이래서는 안 된다고.

"우리가 너한테 많은 걸 바랐어? 집에만 있지 말라는 게, 뭐든 해 보라는 게 어려운 일이야? 뮤지컬이라도 같이 보자는 게 그렇게 힘들었니? 그게 집을 나갈 정도로 싫었어?"

역시나 예감이 들어맞았다. 몇 달 전이었더라면 속에 있던 말을 모두 퍼붓고 서로 사과했겠지만, 그러면서 잠시나마 문제가 해결됐다는 착각에 빠졌겠지만, 이제는 그마저도 지겨웠다. 수호는 답하는 대신 자신의 방을 향해 걸음을 옮겼다.

"만들어진 대로 딸 역할이나 잘하면 될 거 아니야? 그런데 왜 이렇게 비참하게 만들어? 왜?"

문고리를 쥐려는 순간 울부짖는 듯한 목소리가 손목을 붙잡았다. 수호는 몸을 돌려 거실을 보았다. 엄마는 두 손에 얼굴을 파묻고는 흐느끼고 있었다. 마치 심한 말을 들은 쪽이 자신이라는 것처럼. 참 우습고 이상한 일이다 싶더니 화가 치밀었다.

수호는 거실로 돌아가 엄마를 내려다보았다. 소파에 앉아 웅크린 여자는 장식에 감싸인 채 말라붙은 꽃다발처럼 정장 속에 굳어 있었다. 이토록 맥없이 흐느끼는 사람이 평소에는 전무 직함이 붙은 명함을 들고 다닌다고 하면 믿기 힘들 것이다. 기계 딸을 대하느라 쩔쩔매는 엄마, 혹은 도전과 성공을 거듭하면서 평생을 살아왔고, 항상 기세등등하고, 이름을 검색하면 곧바로 인터뷰 기사가 뜨는 사회인.

그런 사람에게 자신이 어떤 존재일지 쉽게 상상할 수 있었다. 고칠 방법도 없이 잘못된 코드거나, 글러 먹은 프로젝트거나. 엄마가 보기에는 분명 그럴 것이고 아빠의 생각도 다르지 않을 터였다. 그런데도 포기하지 않는 게 의아했다.

"나 만든 회사에서도 말했잖아, 내 생각이 수호의 생각이라고. 채수호는 이렇게 살아 있는 걸 싫어해. 내 명의로는 아무것도 못 하는 게 마음에 안 들어. 아무것도 못 먹는 것도, 24시간 내내 깨어 있어야 하는 것도 싫어. 그런 사소한 차이를 쉼 없이 알게 되는 게 싫어. 엄마랑 아빠가 날 어떨 때는 딸 취급하고 어떨 때는 기계 취급하는 것도 싫어. 이게 게임이었으면 진작 꺼 버렸을 거야. 힘들어서가 아니라 재미없어서. 짜증이 나서."

"그럼 대체 뭐가 좋은데? 뭘 어쩌자는 거야?"

그러게, 뭘 어쩌자는 걸까? 오래전에 답한 질문을 왜 또 반복해야 하는지 알 수가 없었다. 살아 있는 것만 아니라면 뭐든 좋다고 수십 번은 말했는데. 엄마도, 아빠도 수호가 살아 있어서 좋은 건 본인들이지 채수호가 아니라는 사실을 전혀 이해할 수 없는 모양이었다.

그래도 살아 있으면 할 수 있는 것도 많고 좋다고들 했다. 남들이 말하기로는 그랬다. 수호의 의견은 아니었다.

"그냥 침대 위에 가만히 누워 있다가 관절도 부품도 다 삭아서 멈춰 버렸으면 좋겠어. 그게 아니면 누구든 간에 나를 박살 내고 태워 줬으면 좋겠어. 그리고 엄마도 아빠도 그걸 봤으면 좋겠어. 다시 만들 엄두도 못 내게."

"수호야."

방금 그렇게 쏘아붙이던 사람이라고는 믿을 수 없을 정도로 힘이 빠진 목소리였다. 가슴팍에서 뜨겁지도 않고 차갑지도 않은 게, 습하고 끈적한 무언가가 울컥이듯 올라왔다.

"애초에 나 만들면서 내 생각 한 적 없잖아. 내가 이걸 좋아할 줄 알았어? 내가 싫다고 몇 번이나 말했어? 그러니까 내 앞에서 그렇게 울지도 말고 나한테 어째야 하냐고 물어보지도 마. 날 멋대로 만든 건 엄마 아빠니까 정답은 둘이서 찾아. 나한테 책임 떠넘기지 말고 둘이 알아서 하라고. 날 그렇게 못 견디겠으면 배터리를 빼. 그러면 되잖아."

침묵이 한참이나 길어진 뒤에야 엄마가 다시 입을 열었다. 표정이 아지랑이처럼 흐릿했다.

"수호야, 우리가 너한테 어떻게 그러니?"

"기계라면서? 만들었다면서? 기억도 지우려 했으면서, 배터리 빼는 건 못 해?"

"우리가 너한테, 어떻게 그래? ……응? 수호야?"

엄마는 초점 없는 눈으로 수호를 올려다보았다. 마주 선 거울 속 반복되는 거울상으로부터 그 너머의 무언가를 찾으려 애

쓰는 사람 같았다.

"우리 딸, 착하지? ……아픈 것도 다 참았잖아. 이제 마음껏 움직일 수 있잖아. 다치지도 않고. 수호야. 엄마가 우리 딸을 얼마나 좋아하는데……."

부모님이 원하는 게 채수호인지, 예쁘고 착한 딸인지 항상 궁금했다. 어느 순간부터는 후자라고 확신했는데, 다시 생각해 보면 부모님 스스로도 그걸 분간하지 못하는 모양이었다. 있지도 않은 내장이 입으로 올라올 듯 속이 울렁거렸다. 수호는 구역질을 참으면서 허리를 수그려 엄마를 안았다. 미동 없이 굳은 몸이 언제라도 부서질 것만 같았다. 아무렇게나 뭉쳐서 말린 점토 덩어리처럼.

"엄마, 내가 화내서 미안해. 내가 엄마 사랑하는 거 알잖아. 엄마 아빠가 나 사랑하는 거 나도 알지. 나도 알아. 내가 미안해……."

스피커를 통해 빠져나가 다시 마이크로 흘러드는 목소리는 너무 그럴듯해서, 기억 속의 울림과 똑같아서 더욱 싫었다. 이러면 엄마는 앞으로도 계속 채수호를 예쁘고 착한 딸이라고 믿어 버릴 텐데. 나는 그런 애가 아닌데. 그렇게 한참을 껴안고 있자니 엄마의 몸에서도 힘이 빠져나갔다.

한 발짝 물러선 수호는 엄마의 어깨에 양팔을 얹고 시선을 맞췄다. 텅 빈 눈에 잠깐, 불꽃이 튄다 싶더니 마른 손이 팔을 붙잡아 왔다. 감촉이 수갑처럼 차갑고 묵직했다. 손을 뿌리친 수호는 화장실로 도망쳐 문을 닫았다.

하지만 아무리 변기를 붙잡고 웩웩거려도 나오는 게 없었다. 이렇게나 속이 울렁거리는데 이상하기만 했다. 목구멍에 랜턴을 비추면 위장도 간도 소장도 식도로까지 밀려 올라온 모습을 볼 수 있을 것 같은데, 그게 모두 기분에 불과하다는 게. 안에 든 건 금속 덩어리일 뿐이라는 게.

모두 쏟아내고 쓰러질 수만 있다면 얼마나 좋을까. 기억도 고통도 게워 낸 다음 아무 일도 없었던 것처럼 호버 보드를 타고 그림을 그리면서 예쁜 딸 노릇을 할 수만 있다면. 하지만 그러고 싶지 않았다. 스스로 기억을 지우고 부모님이 옳았다고 말할 바에는 이대로 사는 게 나았다.

다시 질문이 원점으로 돌아갔다.

왜 살아야 해? 누구를 위해서 그래야 하는 거야? 난 왜 이런 걸 물어야 하는 거야?

경. 갑자기 경 생각이 났다. 경이 삼촌의, 아무렇지도 않은 듯한 태도를 마주하면 이 모든 고민도 아무렇지도 않아질 것 같았다. 비록 병상에 앉아 꿈꾸던 세계는 꿈일 뿐이었지만, 경도 결국에는 어쩔 수 없는 일들 때문에 괴로워하는 한 사람에 불과했지만, 그래도…….

수호는 주머니에서 휴대폰을 꺼내 경의 번호를 찾았다. 팝송

컬러링을 끝까지, 네 번씩이나 들은 다음에야 연결이 됐다.

"경이 삼촌, 바빠? 삼촌?"

"병원이야. 지금 복도 나와 있다. 왜?"

"나 엄청 웃긴 거 알아냈다. 나 이 몸으로는 토할 수가 없어. 토할 수가 없다니까. 그러면 어쩌지. 속이 울렁거리는데 토할 수가 없어서……."

지금쯤이면 눈물이 나와야 하는데도 시야가 흐려지지도 않고 그저 뚜렷했다. 수호는 깔깔 웃었다. 스피커 저편에서 퉁명스러운 목소리가 넘어왔다.

"얘가 무슨 소리야. 헛소리 할 거면 끊어라. 나 지금, 지금 기분이 좀 그래."

"안 웃겨? 나는 엄청 웃긴데. 먹을 수가 없으니까 토할 수도 없는 거잖아. 물을 안 마시니까 눈물도 안 나오고."

수호는 계속 웃으면서 말을 이어갔다.

"지금 집이거든. 엄마랑 싸웠어. 내가 집에만 있는 게 마음에 안 든대. 뭐라도 했으면 좋겠대. 그러라고 만들어 놨는데 비싼 기계가 죽고 싶다는 소리만 해서 싫대."

"하지만……."

삼촌은 망설이듯 운을 뗐다.

"부모님 마음도 생각해야지."

"내가 좋아서도 아니고, 남을 위해서 행복하게 살 이유가 없잖아. 하고 싶은 게 아무것도 없어. 애초에 살아 있을 이유가 없는데. 나는 이미 죽었는데. 죽은 채 편하게 쉴 수 있었는데."

오래도록 대답이 없었다. 막막한 침묵 속에서 갖가지 종류의 소음만이 웡웡거렸다. 항생제를 실은 손수레가 병원 복도를 지나갔고 간호사들이 서로를 불렀다. 경의 발소리는 계속 들려왔지만 같은 자리를 하염없이 맴도는 듯 다른 어떤 울림도 멀어지거나 가까워지지 않았다.

이윽고 걸음이 멎었다.

"수호야. 나는…… 네가 힘들어하고 부모님이랑 싸우는 게 이해가 안 가. 너한텐 이제 고통스러울 것도 없고 힘들 것도 없잖아. 부모님도 뭐든 해 주시잖아. 돈 걱정할 필요도 없는 데다가 아프지도 않잖아. 나는, 우리 엄마는 이게 언제 끝날지도 모르는데. 또 수술을 해야 된다는데……. 너는 다 끝났잖아. 끝내고 다시 시작한 거잖아."

경의 말끝이 흐려지고서야 새삼스러운 사실이 닥쳐왔다. 재미있는 걸 하라던 과외 선생님은 오래전에 사라졌던 것이다. 아마도 희 아주머니의 상태가 차츰 나빠지고 경이 박사 과정을 그만뒀을 때. 그건 경의 잘못은 아니었다.

하지만 그러면 나는 어떻게 해야 하지.

억지로 끌려와서 삶에 내던져진 나는.

수호는 그렇게 물으면서 눈을 감았고, 떴고, 다시 감았다가, 떴다.

이번에는 눈앞에 선율이 있었다.

노을이 빈 자리

수호는 목 뒤를 더듬어 전선을 움켜쥐었고, 곧바로 뽑아 냈다. 선율의 눈이 걱정과 놀라움을 담아 커졌다.

"괜찮아."

수호는 가까이 다가오려는 아이들을 멈춰 세우고서 천천히 고개를 돌렸다. 작업실의 정경이 어물거리며 시야에 들어왔고, 이내 딱딱한 바닥이 느껴지더니, 마침내 머릿속에서 일렁이던 순간들이 차례대로 늘어섰다. 부모님과 싸운 것에서부터 경에게 전화를 건 것, 그리고 한밤중에 옥상에서 뛰어내린 것까지. 첫번째 몸의 기억은 배터리가 터지면서 불이 치솟는 장면으로 끝났다.

그 후로, 부모님이 자신을 다시 만들기로 결심한 게 정확히 언제였을까 묻지는 않기로 했다. 부모님을 찾을 마음도, 삼촌에게 그때 왜 그랬느냐고 물을 마음도 없었다. 받아들이기는 어려울지라도 그런 일들이 일어난 이유는 알 것 같았다. 삼촌이 옛 이야기는 꺼내지 못하고 고작 도자기 돼지만을 놓아둔 이유도. 그 죄책감이 일단은 온전히 삼촌의 몫이라는 사실이 얄궂은 안도로 변했다가 다시 너그러움이 되었다.

고통을 견디며 살아가는 사람들은 그 시작을 찾아 헤매곤 한다. 나무의 밑동을 자르면 가지도 말라 죽듯이, 그것 하나만 쳐내면 다른 아픔은 한순간에 사라질 거라는 믿음 때문이다. 그러니 스물일곱의 경에게 자신은 낙원 한복판에 앉아 투덜거리는 사람처럼 보였을 것이다. 정작 삼 년간의 기억은 수호에게나 부모님에게나 악몽이었는데도.

완전히 다른 세상에 발을 들이더라도 계속되는 고통이 있다. 새로 생겨나거나, 기억 속에서 선명해지거나. 둘은 완전히 나뉘는 대신 서로 얽힌다. 부모님의 메신저에서 데이터를 지우자던 이야기를 발견한 뒤, 그 전의 일들까지도 다르게 보이기 시작한 것처럼. 그리고 삼촌이 아직까지도 2041년과 2042년 사이의 어느 날에 붙잡혀 있는 것처럼.

수호는 삼촌이 끝난 시간들을, 아무것도 아닐 수 있는 시간들을 따라다닌다고 상상해 보았다. 물꾼이 허리에 밧줄을 묶듯 삼촌도 그런 기억을 몸에 친친 동여매는 중이라고. 그러면서 계속 아픔을 건져 내고 있다고. 희 아주머니는 서울이 물에 잠기기 전에 돌아가셨고 기계 인간 역시 물 밑에 잠들어 있을지라도, 계속.

하지만 삼촌에게는 새로운 시간도 있었다. 그건 어느 정도는 수호의 몫이기도 했다.

“선율아.”

“으응.”

“처음에 약속을 했지. 넌 나한테 기억을 찾아 주고, 나는 네 내기 물품이 되어 주기로. 약속을 서로 한 번씩 지켰으니까, 다시 이야기를 해 보자.”

*

“내가 삼촌을 예전부터 알았다고 하면 믿을래?”

선율을 데리고 멀리 나온 수호는 그 문장으로 운을 뗐다. 거기에서부터 시작되는 이야기는 완전히 낯설어서, 하지만 충분히 낯익은 구석도 있어서, 선율은 할 말을 잃어버렸다. 깨진 부분이라고 생각했던 게 사실은 열쇠가 들어갈 홈이라는 걸 막 깨달은 느낌이랄까.

“유안 언니한테 약을 안 준 게 그래서일까?”

“아마. 내가 망가졌을 때랑 똑같은 일을 하고 싶진 않았겠지.”

수호는 삼촌이 우찬에게 변명하지 않은 것도 죄책감 때문일 거라고 말했다. 비록 다른 사람들은 그럴 만도 했다는 식으로 넘어갔어도, 삼촌 자신만큼은 그럴 수가 없었으리라는 거였다.

"아무리 그래도 사람이 눈앞에서 죽었는데, 어떻게 보면 자기 때문에 죽은 건데 홀가분하긴 어렵잖아. 어떤 식으로든 비난을 듣고 싶었을 거야."

"나는 그것도 너랑 관련이 있을 것 같아."

"어느 정도는 그렇겠지. 어디서부터 어디까지가 나 때문이고, 나머지는 그 사람 때문이라고 잘라 낼 수는 없겠지만……."

그 말을 끝으로 세상이 갑자기 조용해졌고 삼촌에 대한 생각도 그늘 속에 잠겼다. 한동안 발치를 내려다보다가 고개를 들자 저 멀리 물가에서 반사되는 빛이 눈앞을 가득 메웠다. 하늘은 수호가 기억을 찾아 달라고 이야기했을 때와 똑같은 주황색이었다. 그게 며칠 전이었더라.

그사이에 걸친 시간이 고작 보름뿐이라는 사실이 놀라웠고, 수호의 네 해가, 그리고 삼촌의 열다섯 해가 거기에 모두 담겼다는 사실이 더 놀랍게 느껴졌다. 연도, 일자, 시간. 1씩 늘어나거나 줄어들면서 차례를 말하는 것들. 하지만 순서만으로는 결코 나타낼 수 없을 것들.

선율은 수호의 옆모습을 힐끔 보았다. 노을이 타오르는 듯한 테를 그리며 뺨을 따라 흐르고 있었다. 그 위에 보름 전의 모습이 겹쳐 보이다 다시 오늘의 수호가 되었다. 아주 오랜 시간이 흐른 뒤에도 저녁노을 아래 앉아 있으면 오늘을 바라볼 수 있을 거라는 느낌이 들었다. 마음속에서만큼은 모든 순간이 숫자를 벗어나 지금으로 변하는 까닭일 것이다.

선율은 그게 꼭 좋은 일만은 아니라는 사실을 알았다. 닿지 못할 행복은 생생한 만큼 슬픔이 되고, 돌이킬 수 없는 일들은 그대로 남아 후회가 된다. 살아가다 보면 지나간 순간을 다시 볼 기회가 생기지만 그 반대의 일도 얼마든지 일어난다. 과거가 오늘을 옭아매는 것이다. 삼촌이 그렇고 우찬이 그런 것처럼. 그들이 소용없는 죄책감을, 울분을 간직하는 것처럼.

그래서 선율은 묻고 싶었다. 한 해가 지나고 두 해가 지났을 때, 그게 쌓여 열 해가 되고 스무 해가 되었을 때 노을은 자신에게 어떤 의미가 될지. 그리고 수호는 어디에 있을지.

"앞으로 어떻게 할 거야?"

"뭘 말이야?"

"그냥, 여러 가지. 삼촌한테 이야기하거나, 그냥 배터리를 빼거나 하는 거. 네가 하고 싶은 거. 원래는 기억을 찾기 전까지만 산에 남기로 했던 거잖아."

"나도 그 생각 중이었는데."

수호는 소리 없이, 입꼬리를 끌어올려 웃었다. 그림자와 빛이 겹쳐서 만들어 내는 표정이 저녁 물결 같았다.

"선율아, 넌 나를 어떻게 하고 싶어?"

"내가?"

"응, 네가. 내가 아는 삼촌은 예전의 경이 삼촌뿐인걸. 너는 노고산 삼촌이랑 열다섯 해를 알고 지냈으니까, 그리고 앞으로도 여기 있을 테니까, 네가 결정하는 게 좋지 않을까. 이야기하는 거랑 안 하는 거, 둘 중에 뭐가 너한테 더 좋을지. 이대로라면 삼촌은 계속 모른 척만 하고 있을 것 같으니까."

그 대답은 선율을 보름 전으로 이끌었다. 서울 밑바닥에서 기계 인간을 건져 내고 삼촌이 판교에서 돌아온 날이었다. 그때 삼촌은 일단 저지르고 보는 건 예의가 아니라는 말을 남겼다. 수호를 함부로 깨워서는 안 됐다고.

하지만 그렇다면 과거를 바라보게끔 돕는 일과 남의 세계를 함부로 뒤흔드는 일에는 어떤 차이가 있는 걸까. 세상에는 합의도 조율도 거치지 않고, 툭 던져지듯이 오는 순간이 있는데. 그런 식으로만 마주할 수 있는 게 있는데.

선율은 그게 아마도 태도의 문제일 거라고 생각했다. 남의 지금을 그 자체로 받아들이는 것. 그 결론에 대해서도 똑같이 대하는 것. 그래서 함부로 틀렸다고 말하거나 고치려 하지 않는 것. 하지만 그러면서도, 타인만이 맡을 수 있는 역할을 내려놓지 않는 것.

"나는 사실대로 말할 거야. 삼촌한테는 힘들어할 필요가 없다고 말해 줄 거고 너도 삼촌한테 하고 싶은 말이라면 뭐든 할 수 있을 거야. 우찬이한테도 이야기할 시간을 줄 거야. 그래서 정리가 끝나면……."

아직은 다짐일 뿐이었지만, 그렇게 이야기하는 것만으로도 마음속에 얹혀 있던 게 풀려 나오는 듯했다. 선율은 자신과 삼촌과 우찬을 떠올리면서 오랜 자책과 미안함과 원망을 차례대로 내려놓았다. 그랬는데도 여전히 품에 수호의 이름이 남아 있었다. 선율은 잠깐 수호를 마주보다가 바다를 향해 시선을 던졌다. 잔잔한, 출렁거리는, 항상 밀려나고 밀려오면서도 그곳에 있는, 검은 물 덩어리에 둥근 해가 몸의 반절을 담그고 있었다.

곧 낮의 흔적은 완전히 사라질 것이다.

침묵.

이제 세상이 완전히 어두워졌다.

"정리되면?"

수호가 물었다.

"네가 나랑 다시 약속해 줬으면 좋겠어. 다른 산에 가지도 않고, 강원도에 가지도 않고, 계속 여기 있겠다고. 적어도 내가 좋고 이 산이 좋은 동안에는. 헤엄을 잘 친다거나, 공기 탱크가 없어도 잠수를 할 수 있다거나 하는 이유 때문은 아니야. 그냥 노을을 보면 네 생각이 나서, 앞으로도 줄곧 그럴 것 같아서 그래.

너 없이 해가 지면 거기에 빈자리가 남을 것 같아서."

선율이 대답했다.

계속 여기에

수호가 선율과 이야기하는 동안 지오도 우찬을 찾아가서 이야기했다. 갈대밭이었다. 선율이 수호에게 기억을 찾아 주겠다고 약속했는데, 그래서 예전 몸도 찾아온 건데, 거기에 뭐가 들어 있는지는 잘 모른다고. 하지만 수호가 선율을 데리고 나간 걸 보면 뭔가 중요한 게 있는가 보다고. 그리고 곧 수호와 선율이 갈대밭 쪽으로 와서 본론을 꺼냈다. 경이 삼촌과, 삼촌의 과외 학생과, 수호와, 노고산 삼촌에 얽힌 이야기들을. 우찬은 잠자코 들었고, 그런 다음에는 삼촌과 만나 보고 싶다고 했다.

넷은 작업실의 전선을 정리했고 첫 번째 수호도 갈대밭으로 옮겼다. 낮이 되어 삼촌이 둔지산에서 돌아왔다. 산 가장자리에 발을 내디딘 삼촌은 지오가 자신을 기다리고 있는 걸 보고 조금 의아하다는 표정을 지었다. 거기에는 기다림에 대한 것

이상의 의문이 있었고, 그래서 수호는 지오에게 그런 설명을 들었을 때 운명이라는 게 있는가 보다 생각했다. 혹은 직감이거나. 부르는 말은 무엇이든 좋았다.

지오는 삼촌과 함께 작업실까지 간 다음 자신은 갈대밭으로 향했다. 작업실에는 수호와 선율이 있었다.

*

"수호요, 계속 있기로 했어요."

"바로 다녀온다고 했었지…… 뭐라도 찾았니?"

"많이요."

선율은 최선을 다해 설명했다. 수호한테 필요한 것은 모두 찾았지만, 어쩌면 그건 수호만의 기억은 아닐 거라고. 앞선 말에 '어쩌면'을 붙인 이유는 거기에 의심할 구석이 있어서는 아니었다. 삼촌이 잠깐은 그걸 부정할지도 모르겠다는 생각이 들었을 뿐이다. 그래서 선율은 첫 번째 수호 이야기도 했다.

그때까지도 삼촌의 눈길은 수호에게서 멀리 떨어져 있었다.

"갈대밭에 두었다고 했지."

"우찬이도 있어요. 이야기 듣고는 삼촌을 봐야겠다고 해서. 아니, 어쨌든 강원도에 가기 전에 한번은 말하려고 했대요. 그런데 이게 또 기회니까."

"기회라고."

문득 기회,라는 낱말이 새삼스레 커지는 느낌이 들었다. 앞날이 아니라 지나간 일에 대해서도 기회가 있다. 그걸 매듭짓고 새롭게 만들 기회가. 선율은 더 말하는 대신 수호를 보았다. 삼촌도 그제야 수호를 보았다.

"언제부터 알고 있었니?"

"삼촌 이름을 들었을 때부터."

"내가 흔한 이름은 아니니까."

"삼촌은?"

"……이게 꿈일지도 모르겠다고 생각했지."

삼촌은 서울에서의 일들과 바로 며칠 전의 일을 섞어 가면서 두서없이 이야기했다. 다음 날 다시 전화를 걸었는데 그 어머니가 받았을 때, 그리고 수호가 물가에 앉아 있는 걸 보았을 때 세상이 한 번씩 흔들렸다고. 그런데 그러는 동안 티를 내지 않은 걸 보면 자신은 정치가나 배우 같은 것에 소질이 있었을지도 모르겠다고. 그래도 국회 의사당이나 방송국이나 물속에 있으니까 너무 아쉬워할 필요는 없을 것 같다고.

어떤 말은 농담인데도 심각하게 들렸고 심각한 말들은 여전히 심각했다. 삼촌은 그러면서도 미안하다는 말은 머뭇거렸다. 겁먹은 것처럼. 혹은 후회하는 것처럼. 그 소리가 나오려다가 뚝 끊기는 일이 다섯 번이 되자 수호가 일어나서 말했다. 첫 번째 몸은 바다에 다시 두고 올 거예요. 오늘요. 땅에 묻으면서까지 기억할 건 아니니까. 첫 번째도 그런 걸 바라지는 않을 테니까.

그러더니 수호는 작업실 밖으로 휙 나갔다. 뒤따라 나온 선율이 네댓 걸음을 옮길 무렵, 열린 문틈으로 삼촌이 움직이는 것이 보였다.

*

갈대밭에는 망가진 기계 인간이 있었고, 지오와 우찬이 있었고, 유안의 무덤도 있었다. 삼촌은 멍하니 서 있기만 하다가 각각을 차례대로 바라보았다. 엉망진창이 된 방을 앞에 두고, 무엇부터 정리할지 고민해야 하는 사람처럼. 하지만 결국, 삼촌은 열다섯 해 전으로 돌아가서 이야기하기 시작했다.

그러니까 아마 삼촌은 뭐라고 해야 할지 처음부터 알고 있었을 것이다.

그러니까,

자고 일어나자마자 전화를 했어. 미안하다고 말하려 했는데 네 부모님이 받았지. 말할 수도 없게 된 거야. 한동안은 그 일로 후회했고, 밤을 새울 때도 있었고, 그러면서도 어머니가 돌아가셨을 때 내가 이럴 수 있을까 묻기도 했지. 어머니를 향할 슬픔이 잠깐 과외를 해 준 애한테 느낀 슬픔만큼 클까 하고.

어머니는 예전이었으면 그냥 죽었을 텐데, 기술이 쓸데없이 좋아져서 사람을 괴롭힌다고 했다. 살아야 할 사람이나 죽어야 할 사람이나. 나는 그게 쓸데없이도 아니었고 괴롭히는 것도 아니었다고 생각해. 여전히 그래.

하지만 어머니가 그렇게 느끼는 것도 사실이었고, 그리고, 어머니의 장례식이 끝나니 내심 홀가분했던 것도 사실이었어. 슬픈 만큼 마음이 가벼웠고, 그래서 미칠 것만 같은 기분이 들었지. 모든 게 끝났는데도 세상이 더 끔찍해질 수 있다는 사실이 놀랍기도 했어.

그래서 어느 날은 네게 말을 걸어 봐야겠다고 생각했어.

받을 사람이 없었지.

생각해 보니 언젠가 네가 퇴원하면 대학교에 데려가 주겠다고 했던 기억이 나서, 아무 상관도 없는데, 교정을 걷다가 산에 올라갔어. 한참을 앉아 있다 보니 세상이 온통 물이었지. 옆에는 사람들이 여럿 있고. 그러다가 언제는 그 사람들 중 하나가 바다로 걸어 들어갔지. 몸살이 났고. 나는 약을 주지 않았어.

그러는 동안 무슨 생각을 했는지는 모르겠다.

어머니 생각을 했던 것도 같고 네 생각을 했던 것도 같아. 그 사람들이 날 비웃거나 미워하는 상상을 했을 수도 있고. 두려워서가 아니라, 부디 그러길 바라면서. 아니면 이번에만큼은 마음이 충분히 무거워지기를 빌었는지도 모르지. 네가 다시 나타났을 때도 마찬가지였어.

어쨌든,

어쨌든 이번에는 우찬이 미안하다고 말했다.

삼촌은 미안해할 필요가 없다고 말했고, 수호를 똑바로 바라보았다.

수호는 삼촌에게, 그렇게 괴로워할 필요가 없다고 말했다.

*

수호와 선율은 함께 물속으로 내려갔다. 이번에는 삼촌이 위에서 배를 몰았다. 수호는 바다 깊은 곳에, 아파트도 아니고 병원도 아니고 그냥 바닥에 첫 번째 몸을 내려놓았다.

*

지오와 우찬은 갈대밭에 남아 띄엄띄엄 대화를 이어 갔다. 지오가 한 마디를 던지면 우찬이 퉁명스레 대꾸하고, 그 사이사이에 긴 침묵이 섞이는 식이었다. 라디오 잡음도 있었다. 주파수가 거의 잡힐락 말락 했다.

휠을 돌리던 지오는 툭 말했다.

"이상해."

"또 뭐가."

"겨우 보름 전에 처음 만난 여자애 때문에 이렇게 된 거. 지금까지는 그냥 다들 엉켜 있었는데. 밧줄 매듭처럼. 오 년 동안. 그전까지는 그냥 끝내려고 해도 안 끝났는데, 이렇게 한순간에 끝나 버린 거. 삼촌이나 선율이나 형이나 지아나."

우찬은 갈대를 질겅거리다가 입을 열었다. 이번 목소리는 이상하리만치 느리고 무겁게 들렸다.

"오 년 동안 엉킨 게 아니라 그 반대인 거지. 오 년 동안 천천히 느슨해져서, 마지막 매듭이 풀리길 기다리던 상태였던 거야. 내가 저번에도 누나 기일 얘기하면서 말했잖아. 언젠가부터 유품을 모으는 일에 의미가 없다는 생각이 들었다고."

"하지만 결국 수호가 안 왔으면 해결 안 됐을 일 아니야?"

"그거야 그런데, 걔가 예전에 왔으면 또 달랐겠지. 정확히는 모르겠지만 많은 면에서 달랐을 거야."

지오는 끝내는 일에 대해 생각했다. 그건 아마도 마음의 힘일 것이다. 뾰족뾰족한 기억 위에 시간을 덧붙여서, 아픔마저도 다른 것으로 바꿀 수 있다는 것. 고통을 지우는 게 아니라, 잊는 게 아니라, 피해 가는 게 아니라, 그저 마주보면서도 고통스럽지 않을 방법이 있다는 것.

그리고 그건 다시, 다른 시간의 발판이 된다는 것.

"이제 정말로 강원도 갈 거야?"

"여기에 더 있을 이유도 없으니까."

"앞으로는 못 보나?"

"그야 모르지."

우찬의 목소리가 평소처럼 퉁명스러워졌다.

"그러면 이거 듣고 가라."

지오가 볼륨을 키우고서 라디오를 바닥에 내려놓았다. 이제야 주파수가 제대로 잡혔다. 지이잉거리는 잡음이 울리더니 여자가 낯선 언어로 부르는 노래가 갈대를 흔들며 앞으로 나아갔다. 지구 건너편에서, 강원도보다 먼 곳에서부터 날아 드는 노래였다. 그게 꼭 송별가 같기도 하고 환영가 같기도 했다.

*

"그래서, 그렇게 된 거야."

수호와 선율은 동생들을 모아 놓고 어제 있었던 일을 대강이나마 설명했다. 수호는 서울에 있을 때부터 삼촌이랑 알고 지내던 사이였다고. 그런데 그때의 기억 덕분에 우찬과 삼촌이 화해할 수 있게 됐다고.

유안이 죽고 노고산 사람들이 떠나던 시기는 모두에게 무거운 기억으로 남아 있으니까, 선율만큼은 아니지만 다들 우찬을 신경 쓰고 있으니까 알려 주는 게 좋으리라는 생각에서였다. 삼촌에게도 허락을 받았다. 설명이 끝나자마자 질문이 쏟아졌다. 알던 사이였으면 왜 처음부터 말 안 한 거야? 옛날 기억이랑 우찬 형이랑 무슨 관련이 있는데? 어떻게 화해한 거야?

거기에도 모두 대답해 주자 갑자기 아이들이 미리 약속이라도 한 것처럼 입을 다물었다. 한동안 까만 시선들만이 복잡하고 어렵고 중요한 일을 떠넘기려는 듯 허공에서 뒤엉켰다. 그러다가 이런 소리가 툭 나왔다. 수호 언니랑은 네가 제일 친하잖아. 그 얘기 처음 한 것도 너였고.

이윽고 네가,라고 불린 아이가 입을 열었다. 지아였다.

"언니가 저번에, 기억을 찾으면 다른 데로 갈 수도 있다고 했잖아. 그래서 어제부터 걱정하고 있었거든. 어제 작업실에서 그거 봤어. 그거. 수호 언니처럼 생겼는데 망가진 거."

"잠깐 나가 있었는데 봤구나. 예전 몸이야. 이제는 없어. 앞으로도 볼 일 없을 거야."

"언니는?"

"응?"

"그래서, 언니는 계속 여기 있을 거야?"

수호는 고개를 끄덕였고, 계속 여기에 있을 거라고 대답했다.

너를 깨울 낱말

"더 알아보고 싶은 거, 있어? 들르고 싶은 곳이라거나."

"떠오르는 게 없네. 예전 일들이 한꺼번에 끝난 느낌이라서 그런가."

그날도 선율은 노을을 보았고, 수호의 손을 붙잡은 채 잤다. 밤공기는 언제나 그랬던 것처럼 습했고 가끔 벌레도 날아다녔다. 그래서인지 중간에 깬 선율은 옆에 수호가 있는 걸 보고 다시 눈을 붙였다. 꿈과 꿈 사이의 간격은 아주 잠깐이었다. 아무것도 아닌 공백. 내일도 모레도 해가 지면 세상이 어두워질 것이고 공기는 습하겠지만 그건 어제까지와는 다를 것이다.

그러는 동안 수호가 잤는지 안 잤는지는 모른다. 지난 보름간 수호는 언제나 선율보다 늦게 깨어 있었고 선율보다 먼저 움직였다. 일어난 선율이 그 이야기를 꺼내자 수호는 깔깔 웃더니 절전 명령어와 깨우는 명령어가 있다고 말해 주었다. 절전 시간은 자기가 직접 지정할 수 있지만 중간에 깨우는 건 남이 해 줘야 한다고.

"앞으로 내가 자고 있으면 깨워 줘."

수호는 자신이 굳이 잘 필요는 없다고, 하지만 절전 모드에 들어갔다 나오면 시간이 자신을 업고 움직인 것 같아서 즐겁다고 했다. 아무것도 걱정하지 않고 가만히 있는 게 좋다는 말에 선율은 첫 번째 수호가 그 아파트에서 얼마나 잘 수 있었을까 생각해 보았다. 눈을 감았다가 뜨면 수리를 마친 뒤일지도 모른다는 불안감 속에서. 하지만 말을 꺼내지는 않았다.

선율은 그런 궁금증은 자신의 몫이 아니라는 걸 알았다.

그 대신 선율에게는 수호를 깨울 방법이 있었다.

선율은 그걸 명령어가 아니라 그냥 낱말이라고, 말이라고 불렀다.

수호에게는 그 하나만으로도 충분했다.

*

다음 날, 선율은 수호를 깨운 뒤 꼬마들의 일을 돕고 지아에게 잠수를 가르치기 위해 물가로 나갔다. 햇빛이 하도 밝은 탓에, 투명함 그 자체가 일종의 색상처럼 느껴지는 오후였다. 처음으로 공기탱크를 허리에 메고 헬멧까지 쓴 지아는 약간은 겁먹고 약간은 신난 듯 보였다. 선율은 새파란 하늘을 올려다보다가 또 다른 파랑 속으로 잠수해 들어갔다. 그렇게 지아의 손을 꼭 잡고 오륙 미터쯤을 내려갔다 올라오자 수호가 보이지 않았다. 방금 전까지만 해도 뭍에 앉아 있었는데.

선율은 헬멧을 벗고 주위를 휘휘 둘러보았다. 지아도 함께 헬멧을 벗고 물어보았다.

"언니, 뭐 찾는 거야?"

"수호가 안 보여서."

"저기 있잖아."

지아가 가리킨 곳은 관목 덤불을 등진 자리였다. 수호가 처음 산에 왔을 때에도, 오두막을 걸어 나가 저기에 앉아 있었다는 사실을 떠올리자 묘한 기시감이 일었다. 수호는 고개를 돌려 선율을 마주 보는 듯싶더니 바로 옆의 바위로 올라가 바다를 향해 몸을 던져 넣었다. 첨벙, 하는 소리에 심장이 갑자기 휘청거리기 시작했다. 내가 지아만 너무 오래 챙겼던 걸까? 이대로 가라앉아서 영영 올라오지 않으면 어쩌지? 그럴 리가 없다는 걸 아는데도, 이런 두려움은 노을 앞에서 다 내려놓았다고 생각했는데도 걱정이 계속 부풀었다.

그러다가 바로 다음 순간 수호가 바로 옆에서 수면을 뚫고 올라왔다. 수호는 선율과 시선을 맞댄 채 씩 미소 지었고, 잠깐 조용했다가, 지아가 한 박자 늦은 웃음을 터뜨렸다. 깔깔거리는 소리가 거세지 않은 파도처럼 커졌다 작아졌다 하고, 투명하기만 했던 햇살이 부드러운 질감을 갖추는 어느 오후. 수호는 물 위에 눕듯이 떠올라 있었다. 언제라도 건져 낼 수 있지만 아직은 잠들어 있는 기억들을 해먹으로 삼으려는 것처럼. 그리고 거기에 너무 이끌리거나 멀어지려 하지 않고, 자연스러운 거리만을 유지할 수 있게 된 것처럼.

그 모습은 지난 시간의 여운처럼 익숙하기도 하고 오늘에야 비로소 보인 듯 새롭기도 해서, 선율은 눈을 깜박였다. 수호도 이상하다는 투로 눈을 깜박거리다가 가까이 다가와 선율의 손목을 가볍게 쥐었다. 살갗과 살갗이 맞닿은 자리에서부터 물줄기가 흘러내려 바다의 일부가 되었다. 맞닿고, 채워지고, 다시 하나가 되는 느낌. 혹은 기쁨.

선율은 찌꺼기처럼 남았던 불안이 마저 사라지는 것을 느꼈다.

무언가가 온전히 끝났고, 새로 시작된 것을 느꼈다.

선율 또한 그 하나만으로도 충분했다.

작가의 말

2020년 1월, 코로나가 막 시작되었을 때 『다이브』를 쓰기 시작해 2022년 5월이 되어서야 세상에 내놓습니다. 거의 이 년 반에 가까운 시간이 흐르는 동안 우리가 살아가는 세계는 『다이브』 속 서울에 조금 더 가까워졌지요. 이제 끝없는 성장이라는 신화에서 벗어나 수축의 시대를 준비하고 받아들일 때가 왔다고 생각합니다. 전쟁이 일어나거나 서울이 물에 잠기지 않더라도, 우리가 지금까지 당연하고 소중하게 누려 온 것들을 포기하고 잊을 수밖에 없는 시기가 다가오고 있지요. 그래도 사람들은 계속 살아갈 테니, 서로를 함부로 대하지 않는 태도가 여전히 중요하겠습니다.

이 글이 세상에 나오도록 힘써 주신 창비 청소년출판부의 정소영 부장님, 구본슬 편집자님, 교보문고 스토리사업팀의 권정은 PD님께 감사드립니다.

내 친구 정희윤과 박태욱, 그리고 종종 도움 주신 이진 작가님께도 감사 인사를 보냅니다.

마지막으로, 이 글을 끝까지 읽어 주신 독자님께 깊이 감사드립니다.

창비청소년문학 111
다이브

초판 1쇄 발행 | 2022년 5월 27일
초판 10쇄 발행 | 2024년 4월 29일

지은이 | 단요
펴낸이 | 염종선
책임편집 | 구본슬
조판 | 신혜원
펴낸곳 | (주)창비
등록 | 1986년 8월 5일 제85호
주소 | 10881 경기도 파주시 회동길 184
전화 | 031-955-3333
팩스 | 영업 031-955-3399 편집 031-955-3400
홈페이지 | www.changbi.com
전자우편 | ya@changbi.com

ISBN 978-89-364-5711-2 43810